KB266777

가영이의 생태 일기

나비 따라 나선 아이
나비가 되고

나비 따라 나선 아이
나비가 되고

가영이의 생태 일기
나비 따라 나선 아이 나비가 되고

초판 1쇄 발행 2003년 11월 25일
초판 10쇄 발행 2012년 8월 22일

지은이 이가영
펴낸이 고영은 박미숙

상무 김완중 ｜ 편집이사 인영아
청소년팀 이준희 김현정 ｜ 세모길팀 박경수 김영은 홍신혜 ｜ 콘텐츠기획팀 이진규
어린이팀 이경화 이슬아 여은영 ｜ 디자인실 김세라 오경화
마케팅팀 이학수 오상욱 진영수 김은숙 ｜ 총무팀 김용만 고은정

북디자인 황경성

펴낸곳 뜨인돌출판(주)
출판등록 1994.10.11(제313-2011-185호)
주소 121-840 서울시 마포구 서교동 396-46
홈페이지 www.ddstone.com ｜ 노빈손 홈페이지 www.nobinson.com
블로그 blog.naver.com/ddstone1994
대표전화 02-337-5252 팩스 02-337-5868

ⓒ2004, 이가영

ISBN 978-89-5807-107-5 03810
(CIP제어번호 : CIP2012003731)

가영이의 생태 일기

나비 따라 나선 아이 나비가 되고

이가영 지음

뜨인돌

추천의 글
산골 오지에 싹튼 열혈 가족의 무공해 자연 사랑

편리하고 넉넉한 서울에서의 생활을 먼지 털 듯 훌훌 털어 버리고 우직한 고집과 신념을 밑천 삼아 산 속 오지 생활을 시작한 한 열혈 가족을 나는 알고 있다.

10년 전 〈동아일보〉의 '전국 자연 생태계 학습 탐사'의 탐사 단장과 지도 교수로 처음 만난 이강운 선생이 회사를 그만두고 생태학교를 하겠다고 나에게 조언을 부탁한 적이 있었다. 그 당시 생태 학습이니 곤충 자원이니 하는 말들은 생경한 것이었고 사업적으로도 도저히 불가능한 일이라 나는 반대를 했다. 본인이야 좋아서, 나름대로 소명으로 한다지만 그의 아내와 아이들은 또 무슨 고생인가 하는 걱정이 앞섰기 때문이었다. 하지만 자연과 생명에 대한 그의 사랑과 이를 지켜야겠다는 굳은 의지를 보고 말려서 될 일은 아니라는 생각을 했었다.

울퉁불퉁한 비포장 길은 고사하고 전기도 안 들어오고 마실 물도 변변찮은 강원도 횡성 새골. 그 곳에서 그들은 폐가를 손수 고쳐 살림을 차리고는 거친 돌밭을 고르고, 나무와 꽃을 심고, 물길을 열어 지금의 홀로세 생태학교를 세웠다. 8년여의 세월이 흐르는 동안 어느덧 생태 교육의 요람이 된 홀로세 생태학교가 있기까지 그들이 흘린 땀과 눈물은 생태학교 곳곳에 영양분과 사랑의 온기로 남아 있다.

그 아버지에 그 딸이라고 했던가. 생태와 환경 사랑이 남다른 두 부녀의 모습을 보면 칠순이 넘은 이 노 교수의 가슴속에 꽃이 피고 나비라도 날아들 듯하다. 너무 어려 포충망도 제대로 못 들던 꼬마 소녀 가영이가 어느덧 의젓하고 믿음직스러운 생태 환경의 지킴이가 되어 홀로세를 지키는 큰 일꾼이 되다니. 그리고 기특하게도 그 동안의 생태 관찰 기록을 모아 책으로 엮기까지 하니 놀랍다.

언제였던가. 가영이가 초등학생이었을 때 그의 아버지와 함께 우리 집을 찾은 적이 있다. 특별히 두 부녀에게 나의 보물 1호 곤충표본실을 보여 준 적이 있는데, 그 때 멸종 위기에 몰린 장수하늘소들의 표본을 본 가영이의 눈빛을 난 잊을 수가 없다. 표본을 본 가영이의 그 눈빛에서 곤충에 대한 사랑과 안타까움을 동시에 읽을 수 있었다.

지금 우리는 생명 공학의 시대에 살고 있다. 다른 생물의 유전자를 도입함으로써 특수한 상황에 적합한 동·식물을 설계하는 시대가 된 것이다. 따라서 우리는 어떤 종의 유전적 자원도 그냥 넘겨 버릴 수 없고, 생물 다양성의 유지는 가장 중요한 의무가 된다. 바로 이러한 작업을 가영이네 가족이 하고 있으니 생각을 행동으로 옮기는 모범적 사례가 아닌가 싶다.

하늘과 땅 그리고 우리가 숨 쉬는 공기는 인간만의 것이 아니다. 그러나 사람들의 이기심과 무관심으로 인해 멸종된 동물은 얼마나 많으며 또 살 공간을 잃고 사라질 위기에 처한 동물은 얼마나 많은가. 살아남은 생명의 고리들을 이어 주고, 이들에게 살 공간을 돌려주는 일은 가영이와 그의 가족뿐만 아니라 모든 사람들이 동참해야 할 일이다.

한해 한해 자연의 모습을 닮아 생명 사랑에 대한 열정으로 커 가는 가영이와 그의 가족들의 모습을 보며 그들이 대자연이 주는 혜택을 듬뿍 받는 행복한 사람들이구나 하는 생각을 해 본다. 아무쪼록 이 책을 통해 보다 많은 사람들이 자연의 소중함을 깨닫는 계기가 되었으면 한다

2004년 5월
경희대 명예교수 신유항

차례

두 번째 이야기 **홀로세의 사계**

세 번째 이야기 **생태를 위하여**

나비 따라 나선 아이 나비가 되고
꽃이 좋아 풀섶에 서면 들꽃이 되고

세상에서 가장 사랑하는 나의 가족
왼쪽부터 엄마, 나, 아빠, 오빠

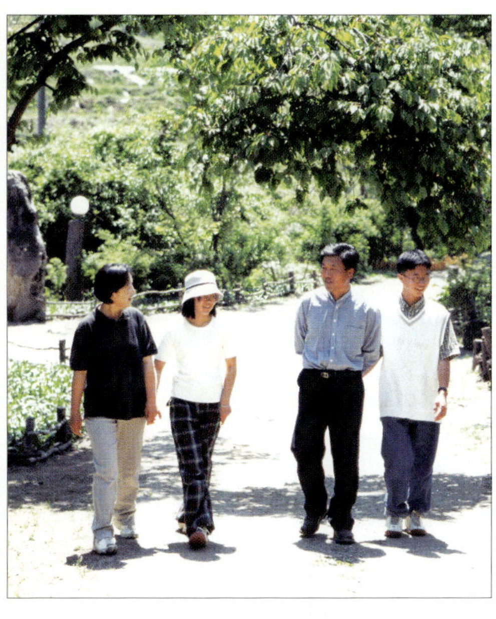

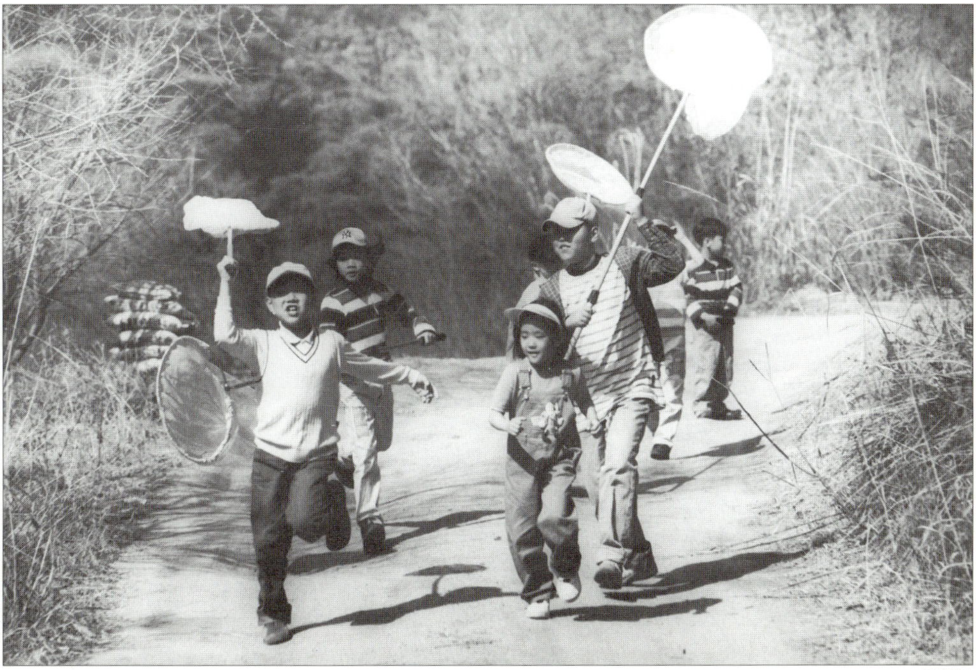

나비 채집에 신이 난 아이들

ⓒ박진영

사진으로 보는 나비의 한살이

어느 날 사랑이 시작되고……

호랑나비의 짝짓기

먹부전나비의 짝짓기

이보다 더 좋은 장소는 없다, 나비의 알낳기

장대나물에 산란하고 있는 갈고리나비

바위솔에 산란하고 있는 먹부전나비

진주보다 옥구슬보다 예쁜 나비알

애호랑나비의 알

각시멧노랑나비의 알

사향제비나비의 알

꼬리명주나비의 알

개성 만점 애벌레

홍점알락나비 애벌레   애호랑나비 애벌레   네발나비 애벌레

나비가 되기 위한 잠복기, 번데기

산호랑나비 번데기   애호랑나비 번데기   네발나비 번데기   먹부전나비 번데기

껍질을 깨고 세상 밖으로

홍점알락나비의 우화 과정

꽃도 시샘하는 아름다운 나비

각시멧노랑나비

네발나비

사향제비나비

왕오색나비

홍점알락나비

청띠신선나비

배추흰나비

꼬리명주나비

갈고리나비

모시나비

산호랑나비

뿔나비

호랑나비

애호랑나비

먹부전나비

가짜 눈으로 위장한 호랑나비 애벌레

개미와 공생하는 먹부전나비 애벌레

냄새뿔을 내민 호랑나비 애벌레

돌배나무 가시로 위장한 갈고리나비 번데기

살다 보면 이런 일 저런 일이……

기생벌에게 기생당한
청띠신선나비 애벌레

거미에게 잡아먹히고 있는
꼬리명주나비 애벌레

개미에게 잡아먹히고 있는
호랑나비 애벌레

냄새가 무기다, 노린재

다리무늬침노린재   에사키뿔노린재   대왕노린재

소똥 분해의 일인자, 소똥구리

애기뿔소똥구리

점박이외뿔소똥풍뎅이

뿔소똥구리

위풍당당, 장수곤충

장수하루살이 유충

장수허리노린재

장수풍뎅이

앙증맞은 발이 귀여운 도롱뇽

짝짓기 하고 있는 대모송장벌레

명주달팽이를 포식하는 늦반딧불이 애벌레

숲 속의 포식자, 사마귀

둔한 몸을 가진 왕바구미 애벌레

그랜드피라밋 흰나비과를 사육하고 있는 그랜드피라밋에는 먹이식물인 냉이와 유채꽃이 심겨져 있다.

소똥구리사육실 멸종 위기종인 소똥구리 종류만을 사육하는 곳. 애기뿔소똥구리, 뿔소똥구리 백여 쌍을 누대사육하고 있다.

풍뎅이박물관 나비, 딱정벌레, 잠자리, 매미, 노린재 등 다양한 곤충 표본 십만 점 이상이 갖추어진 박물관이다.

워터월드 초·중·대형의 연못을 조성하여 수서곤충, 양서류, 물고기 등을 직접 채집하고, 수생식물과 습지식물을 공부할 수 있도록 만든 학습 공간이다.

UFO나비집 나비류 사육장으로, 나비와 먹이식물과의 관계, 기생, 천적 등 먹이사슬의 유형을 알아보고 흡밀하는 식물과 형태를 파악한다.

실험실 꽃무지, 풍뎅이, 거저리, 홍단딱정벌레 등을 사육하고 있으며, 120여 개의 소형 케이지에서 사육되고 있는 나비와 나방을 통해 라이프 사이클을 관찰할 수 있다. 그리고 현미경, 인큐베이터 등 실험기자재와 오디오, 비디오 자료실이 있다.

식물생태관 초본류와 관목, 덩굴식물 및 수생식물이 자라고 있으며, 계절별로 개화 시기를 조절하여 연중 약 300여 종의 식물들이 살아가는 모습을 관찰할 수 있다.

홀로세 본부 생태학교를 찾은 아이들이 맛있는 밥을 먹고 편안히 잠을 잘 수 있는 곳. 대장금이라는 별명이 붙은 교감 선생님이 맛깔스런 식사를 대접해 주신다.

· '홀로세'란? 신생대 제4기 중 170만 년 전부터 현재까지를 지칭하는 단어이다.

홀로세 생태학교 홈페이지 www.holoce.net

그 해 여름의 기억

버려진 집

1997년 여름, 드디어 기다리던 그 날이 왔다. 강원도 횡성군 갑천면 하대리에 아빠의 꿈인 생태학교를 세울 터가 마련된 것이다. 우리 가족의 새로운 생활이 펼쳐질 그 곳의 마을 이름은 '새골'. 듣기만 해도 산내음이 솔솔 풍기는 싱그러운 이름이었다.

아빠와 오빠가 먼저 횡성으로 떠났고 엄마와 나는 일 주일 뒤 삼촌 차를 타고 뒤따라 내려갔다. 횡성 읍내에 살림집을 따로 마련해 준다는 아빠의 말에 엄마는 잠시 여름 휴가 떠나는 기분으로 몇 벌의 옷과 약간의 밑반찬만 챙겼다.

아빠가 설명해 준 새골의 모습을 상상해 봤다. 꽃이 아름답게 핀 들판, 맑은 계곡, 아름다운 숲길, 그리고 아늑한 산줄기와 푸르게 펼쳐진 논들……. 탐사를 다니면서 봐 왔던 그 환상적인 풍경들을 하나로 모은 곳일 거야. 특히 하얀 개망초 길과 폭포가 있다는 말에 나는 한껏 더 들떴다.

도로를 벗어나 꽤 시간이 흘렀다. 차는 덜컹거리면서 어렵게 어렵게 산 위로 올라갔다. 울퉁불퉁한 길에 차 바닥이 부딪혀 금방이라도 부서질 것만 같아 마음까지 불안했다. 삼촌은 아무 말씀이 없으셨지만 새로 산 차가 부딪힐 때마다 가슴이 얼마나 타셨을까! 아마 속으로 눈물을 흘리셨을 거다. 울퉁불퉁하고 구불구불한 산길을 따라 얼마나 갔을까? 멀리 우리의 목적지인 자그마한 집이 보였다.

아빠와 오빠가 언덕 너머까지 마중을 나왔다. 라면 하나 끓여 본 적이 없는 두 남자가 일 주일 동안 엄마 없이 생활을 했으니 그 동안 얼마나 엄마가 그리웠을까. 아빠는 그새 수염이 덥수룩하고 피부가 새카만 원시인으로 변해 있었지만 표정만은 매우 밝아 보였다. 나는 생태학교의 본부로 쓰일 집을 빨리 구경하고 싶은 마음에 자꾸만 걸음이 빨라졌다.

그런데 아빠를 따라가 보니 이게 웬일! 사람이라고는 얼씬도 하지 않을 것 같은 외진 산 속에 다 쓰러져 가는 집 한 채가 덩그러니 서 있는 게 아닌가!

집을 둘러볼수록 한숨만 나왔다. 주변엔 내 키보다 더 큰 잡초들이 무성했고, 반쯤 내려앉은 지붕에서는 금방이라도 귀신이 튀어나올 것만 같았다. 구멍이 뻥뻥 뚫린 흙벽, 다 찢어진 창호지 문, 거미줄이 축 늘어진 천장, 그리고 말벌집이 매달린 처마⋯⋯. 그뿐만이 아니다. 바깥에는 허물어진 외양간과 녹슨 가마솥이 걸린 부엌이 있었고 무엇보다도 끔찍스러웠던 건 집 뒤편에 나무로 대충 지어진 허름한 화장실이었다.

고치는 것보다 차라리 부수고 새로 짓는 게 훨씬 쉬울 것 같은 그 집 앞에서 엄마는 한동안 입을 열지 못했다. 대체 어디부터 어떻게 손을 대야 할지 아무런 생각도 나지 않는 모양이었다. 할 말을 잃은 채 그저 아빠 얼굴만 물끄러미 바라보던 엄마의 그 눈빛이 지금도 생생하다.

마실 물도 없고 전기도 들어오지 않는 그 곳에서 원시적인 생활이 시작되었다. 휴대용 가스레인지로 밥을 짓기 시작하자 다들 부산스러워졌다. 아빠와 오빠와 내가 한 줄로 서서 엄마가 전해 주는 반찬과 밥을 부엌에서 방으로 날랐다. 걱정이 가득한 엄마와 달리 아빠와 오빠의 눈은 기쁨으로 반짝거렸다. 아마 지난 일 주일 간 엄마의 손길이 무척이나 그리웠었나 보다.

전깃불이 없는 산 속은 금방 캄캄해졌다. 우리는 서둘러 집 안에 텐트를 치고 그 속에 이부자리를 폈다. 방학중이라 난 그냥 야영 나왔다고 생각하기로 했다.

다음 날 아침, 집 주변의 풀베기와 함께 대청소가 시작되었다. 부엌 살림은 일단 부뚜막 위에 차려 놓기로 했다. 아무 때나 갑자기 나타나는 쥐 때문에 엄마는 커다란 보자기로 그릇과 음식들을 꽁꽁 싸 놓았다.

엄마가 움직이자 그토록 엉망이던 버려진 집이 조금씩 예뻐지기 시작했다. 집 치우랴 밥 챙기랴 하루 종일 쉬지 않고 움직이는 엄마의 얼굴이 피곤하고 힘들어 보였지만, 조만간 횡성에 집을 구해 준다는 아빠의 약속만 굳게 믿고 잘 견뎌 내고 있었다. 비록 며칠도 못 가서 그 믿음이 깨지고 말았지만.

아빠가 그냥 새골에 보금자리를 마련하자고 하셨을 때 엄마는 잠깐 망설였다. 하지만 시골 분교로 전학하겠냐는 아빠의 물음에 오빠와 내가 선뜻 좋다고 하자 엄마는 더 이상 아무 얘기도 하지 않고 집 고치는 일에만 열중하셨다. 혹시라도 엄마의 마음이 변할까 봐 겁이 났는지 아빠는 그 길로 우리를 근처에 있는 금성분교로 전학시켰다.

산 속 생활은 하나에서 열까지 모든 게 힘들고 불편했다. 먹는 물은

400m나 떨어진 샘에서 떠 왔고, 설거지랑 빨래랑 목욕은 집 앞 계곡에서 했다. 하지만 제일 힘든 일은 뭐니뭐니해도 화장실 가는 일이었다. 해가 지면 앞이 안 보일 정도로 캄캄해지기 때문에 화장실은 꼭 오빠와 같이 가야 했다. 일을 보는 동안 손전등을 들고 보초를 서 주기 위해서였다. 어두컴컴한 화장실에 들어서면 "빨간 휴지를 줄까, 파란 휴지를 줄까……?" 하며 나타난다는 휴지 귀신이 생각나서 온몸에 소름이 쫙!

날씨가 쌀쌀해지자 더 이상 계곡에서 목욕을 할 수가 없었다. 그 때부터는 가마솥에 물을 끓여서 그걸로 몸을 씻어야 했다. 일단 제일 막내인 나부터 씻고 나서 오빠, 엄마, 아빠 순서로 최대한 물을 아껴 가며 고양이 세수하듯 목욕을 했다. 가끔씩 인천 할머니 댁에 갈 때면 시골에서 고생하는 티 안 내고 말끔하게 보이려고 온 식구가 횡성의 목욕탕에 들렀다 가곤 했다.

그렇게 한 달을 고생했을까? 드디어 전기가 들어왔다. 해가 뜨면 일어나고 해가 지면 잠을 자야만 했던 원시인 생활이여 바이바이! 그 날 이후 한밤중에 화장실에서 보초 서는 일도, 무서운 휴지 귀신도 모두 사라지게 되었다.

가스 중독

허물어져 가는 흙집에서 생활한 지 며칠 안 되었을 때의 일이다. 텐트를 쳐 놓은 마루는 바람만 겨우 막을 수 있을 정도였지만 그 옆에 있던 방은 다행히 불을 땔 수 있었다. 아궁이에 불만 지폈다 하면 바닥이 설설 끓는 최고 성능의 온돌방이었다. 물론 그 아궁이도 다 무너져서 돌과 시멘트로 대충 손을 본 뒤에 사용하긴 했지만.

한여름에 무슨 불을 때나 싶겠지만 횡성 산골의 여름밤은 매우 쌀쌀하다. 겨울이면 영하 30도까지 내려가는 추운 곳이다 보니 한여름에도 밤만 되면 으슬으슬 추위가 온몸을 떨게 했다. 아빠는 우리가 추울까 봐 저녁마다 열심히 불을 때 주셨다. 처음 해 보는 서툰 도끼질로 매일매일 장작을 준비하려면 꽤나 힘드셨을 거다. 아빠 덕분에 엄마와 오빠와 난 비록 볼품 없는 흙방이지만 따뜻한 아랫목에서 행복한 꿈을 꾸며 잠들 수 있었다.

아직 전기가 들어오기 전이라 해가 지면 무조건 잠자리에 들던 때였다. 그 날도 아빠는 방에 불을 지폈고, 엄마랑 오빠랑 나는 먼저 방으로 들어가 잠을 잤다. 갈라진 방바닥 틈새로 가스가 새어나오고 있는 줄도 모르고.

한밤중에 가슴이 답답해서 눈을 떠 보니 엄마와 오빠는 자고 있었다. 왠지 좀 속이 울렁거렸지만 피곤해서 그러려니 하고 다시 눈을 감았다. 다시 잠이 깼을 때는 옆에 자고 있던 엄마가 보이지 않았다. 머리가 너무 아파서 밖으로 나가려고 몸을 일으켰는데, 순간 내 몸이 이상했다. 제대로 앉지도 못하고 시든 잡초처럼 옆으로 픽픽 쓰러지는 거였다. 내 마음대로 할 수 있는 게 아무것도 없었다. 손도 발도 모두 흐느적거리고 힘을 줘도 움직여지지가 않았다.

그 뒤에도 정신이 오락가락하면서 두 번이나 더 깼지만 여전히 몸을 일으킬 수가 없었다. 내가 할 수 있는 건 엄마를 부르며 우는 것뿐이었다. 오빠가 내 울음소리를 듣고 일어나서 "가영아, 너 왜 그래, 왜 그래" 하며 나를 흔들었다. 머리가 아프다고 말을 해야겠는데 입이 안 열렸다. 잠시 후 오빠가 일어나서 휘청휘청 밖으로 나가는 게 어렴풋이 보였다. 제발 날 좀 데리고 나가 달라고 말하고 싶었지만 아무리 애를 써도 입 밖으로 소리가 되어 나오질 않았다.

잠시 후 아빠가 뛰어들어와 나를 업고 밖으로 나오셨다. 오빠가 나가고 아빠가 들어오기까지의 그 시간이 한 시간도 더 넘게 느껴졌다. 실은 겨우 몇 분밖에 지나지 않았는데도 말이다. 문득 내가 이렇게 죽는구나 하는 무서운 생각이 들었다. 드라마나 영화에서 보면 사람들이 죽기 직전에 살아 왔던 지난날들이 필름처럼 머릿속에 스친다는데, 나 역시 그랬다. 무엇보다도 내가 죽으면 엄마랑 아빠가 슬퍼할거라는 생각에 제일 가슴이 아팠던 것 같다.

불행 중 다행이었던 건 아빠가 마루의 텐트에서 주무셨다는 점이다. 방이 좁아서 그런 거였지만 아무튼 아빠는 괜찮았고, 덕분에 큰 사고를 막을 수 있었다. 만약에 아빠까지 한 방에서 잤으면 어떻게 되었을까. 그 생각을 하면 지금도 온몸에 소름이 돋을 정도로 기분이 오싹하다.

아빠는 깜깜한 새벽에 우릴 차에 싣고 엉엉 소리를 내어 울며 병원으로 달렸다. 험한 산길을 무려 한 시간이나 달려 도착한 곳은 횡성에 있는 대성병원. 그 때 나는 머리가 빠개질 것처럼 아팠지만 의식을 완전히 잃은 상태는 아니었다. 산소 호흡기를 꽂고 한참 동안 누워 있으니 머리가 조금씩 맑아지기 시작했다.

나중에 안 사실이지만 엄마는 새벽 2시쯤 방에서 나오셨는데 토할 것처럼 속이 안 좋아서 체한 줄 알았고, 오빠가 머리가 깨질 것 같다며 뛰어나왔을 때야 비로소 가스 중독임을 알아차렸다고 한다. 그리고 아빠는 정신을 잃고 쓰러진 나를 보면서 소리 내어 울었고, 시골로 가족들을 데리고 내려온 것에 대해 후회하면서 미칠 듯이 괴로워하셨다고 한다.

병원에 엄마와 오빠와 날 입원시킨 아빠는 생태학교의 급한 공사 때문에 병실을 지켜 주지도 못한 채 무거운 발길을 돌려야 했다. 그렇게 혼자 돌아가서 일을 하는 그 마음은 얼마나 아팠을까. 저녁 때 병원에서 멀쩡히 살아 돌아온 우리를 보면서 아빠는 또다시 눈물을 흘리셨다. 그 날 이후에도 아빠에겐 힘든 일이 아주 많았지만 그 날처럼 슬픈 표정을 보이신 적은 없었던 것 같다.

나를 들쳐 업고 나와서 심호흡을 시키며 괜찮을 거라고 주문을 외던 아빠, 자신도 아프면서 나를 더 챙기던 엄마, 그리고 나를 구해 준 오빠……. 머리가 녹아드는 것 같았던 그 날을 생각하면 끔찍하지만, 한편으로는 가족의 사랑을 소중히 느낀 날이기도 했다.

돌밭

나에게 홀로세 생태학교는 커다란 자랑거리다. 어디를 가더라도 아빠가 하는 일이 자랑스럽고 나 또한 홀로세 생태학교의 일원이라는 사실이 늘 흐뭇하고 뿌듯하다. 가장 자랑스러운 건 이 곳에 있는 모든 것들을 하나부터 열까지 우리 가족의 손으로 만들어 냈다는 사실이다.

초기의 홀로세는 아! 생각하기도 싫다. 대체 어떻게 저 많은 일들을 우리 손으로 해 냈을까 싶을 정도다. 그 중에서도 특히 기억에 남는 것은 식물생태관을 만들던 때의 일이다.

식물생태관의 골격이 완성되자마자 우리는 본격적으로 흙 고르기를 시작했다. 그 때는 시골 생활에 꽤 적응한 상태였기 때문에 우리 가족들은 자신있게 일에 뛰어들었다. "까짓 거 금방 하겠지 뭐." 나뿐만 아니라 다들 이런 생각이었나 보다. 벌써 집은 물론이고 UFO나비집, 생태연구관 등을 잇달아 완성한 뒤였으니 그럴 만도 하다.

식물생태관은 우리나라 자생 식물을 생태적 환경에 맞게 가꿔 식물의 특징을 관찰하고 만져 보고 냄새도 맡아 보며 공부하는 공간으로 꾸밀 계획이었다. 식물생태관만 완성되면 처음에 계획했던 홀로세 생태학교의 틀은 거의 제 모습을 갖추는 셈이었다. 우리 가족은 설레는 마음에 힘든 줄도 모르고 열심히 일에 매달렸다.

하지만 그게 그리 만만한 일이 아니었다. 어찌나 땅이 거칠고 돌이 많은지, 흙밭에 돌이 있는 게 아니라 돌밭에 흙이 있는 꼴이었다. 일단 풀을 뽑고, 트랙터를 망가뜨릴 위험이 있는 큰 돌은 일일이 삽으로 파내야 했다. 대체 이놈의 돌덩이들은 왜 이렇게 덩치가 큰지, 또 왜 이리도 깊이 박혀 있는지…….

한참 동안 돌과 씨름을 하고 나니 드디어 우리의 구세주 트랙터가 나타났다. 만일 그 때 트랙터가 없었더라면 그 넓은 땅의 그 많은 돌들을 어떻게 다 골라 냈을지 지금 생각해도 아득하다. 최소한 일 주일은 꼬박 삽질을 해야 했을 만큼 엄청난 양이었다.

우리와 한가족처럼 지내는 서울 혜윤이네 식구들이 힘을 보탰다. 아빠가 운전하시는 트랙터가 로터리를 치며 지나가면 나와 오빠, 혜윤이, 지윤이가 뒤꽁무니를 쫓아가며 튀어져 나오는 돌들을 밖으로 파내 멀리 내던졌다. 파내도 파내도 끝없이 나올 것 같은 돌멩이들. 트랙터는 쉴 새 없이 땅 위를 왔다 갔다 하고, 우리는 헉헉거리며 트랙터를 쫓아가고…….

처음엔 모두들 씩씩하게 돌을 골라 냈다. 제법 큰 돌도 번쩍 들어서 휙 던지고, 삽질도 열심히 하고. 그러나 몇 시간이 지나자 다들 몸이 파김치처럼 축 늘어지기 시작했고, 나중엔 지나가는 트랙터 뒤를 네 발로 쫓아 기어가며 돌을 골라 냈다.

바로 그 때 트랙터를 운전하던 아빠가 재미있는 아이디어를 생각해 냈다. 트랙터 앞에 달린 커다란 삽에 우릴 태워 주신 것이다. 난생 처음 타 보는 삽! 어느덧 일은 놀이가 되었고, 덕분에 우린 다시 힘을 낼 수 있었다. 놀면서 일하고 일하면서 놀다 보니 끝이 없어 보이던 일도 서서히 마무리되어 가고 있었다.

그 짧은 거리를 수십 번, 아니 수백 번쯤 왔다 갔다 했을까? 셀 수조차 없을 정도로 수많은 돌들이 삐죽삐죽 튀어나와 있던 거친 땅은 어느 새 곱고 평평하게 다져졌다. 마침내 트랙터가 돌 걸리는 소리를 전혀 내지 않고 매끄럽게 기어가자 우린 좋아라 손뼉을 쳤다. 어느 새 해가 뉘엿뉘엿 서쪽으로 넘어가고 있었다.

집 앞에서는 엄마가 벌써 불판을 만들어 놓고 있었다. 우리 가족과 혜윤이네 가족이 다들 수고했다며 고기를 구워 서로에게 권했다. 땀 흘려 일한 뒤에 먹는 삼겹살의 그 감동적인 맛이라니! 욱신거리는 팔다리가 정상으로 돌아오기까지는 꽤 많은 시간이 필요했지만, 그렇게 만든 식물생태관에서 예쁘게 잘 자라고 있는 야생화들을 보면 지금도 가슴이 뿌듯하다.

자전거

시골로 이사를 오니 학교에 가는 것도 장난이 아니었다. 우리가 전학한 금성분교까지 가려면 험한 비포장 길을 장장 2km나 걸어다녀야 했다. 서울에서는 학교가 코앞이었고 가끔씩 엄마나 아빠가 데려다 주기도 했지만 횡성 산골에선 꿈도 꿀 수 없는 일이었다.

길이 험하기만 하면 그나마 다행이다. 어쩌자고 집에 가는 길은 하나같이 그렇게 오르막밖에 없는 걸까. 학교에 갈 땐 전부 다 내리막, 집에 갈 땐 처음부터 끝까지 오르막길이었다.

그 중에서도 특히 힘겨운 언덕이 세 군데 있었다. 봄이면 진흙이 달라붙어 무거운 신발을 끌고 걸어야 했고 한여름엔 너무나 힘들어서 말조차 하기 싫어 발끝만 보고 걷던 말구리, 폭포재, 붉은재. 이 3대 언덕은 포장이 다 된 지금도 걷기 벅찬 마의 언덕들이다.

그런데 얼마 지나지 않아 아주 반가운 교통수단이 생겼다. 아빠는 멀고도 험한 그 길이 아무래도 마음에 걸리셨던지 초등학교 4학년인 나와 5학년인 오빠가 걸어다니기엔 벅찰 것 같다며 운동하는 셈치고 자전거를 타고 다니면 어떻겠냐고 제안하셨다. 오빠와 난 당연히 팔짝팔짝 뛰며 기뻐했다. 자전거가 필요하다는 이야기를 듣고 일산에 살 때 가까운 이웃으로 지내던 소현이 아빠께서 최신형 자전거 2대를 사 주셨다.

다음 날부터 자전거는 늘 나와 함께 다니는 친구가 되었다. 집으로 돌아오는 길이 오르막이어서 자전거를 끌고 오르느라 더 힘이 들긴 했지만, 대신 아침에 학교 갈 때는 내리막이라 페달 한 번 밟지 않고도 3분의 2 이상을 갈 수 있었다. 생태학교에 공부하러 온 아이들을 태워 주면서 놀기도 하고, 할아버지 생신 선물로 야생화 꽃다발을 만들 때나 심부름을 갈 때도 항상 타고 다녔다. 그 전엔 자전거 없이 어떻게 살았나 모르겠다.

자전거를 사고 얼마 되지 않았을 때의 일이다. 우리가 산길에서 자전거를 타고 다니는 게 늘 불안했던 아빠는 매일 아침 "안전!"이란 구호를 큰 소리로 외치게 한 다음 출발시키곤 했다. 그 날 역시 아빠와 엄마 앞에서 씩씩하게 안전 구호를 외치고 힘차게 학교로 출발했다.

엉덩이를 들썩거리며 신나게 달리고 있는데 갑자기 길 위에 물웅덩이가 나타났다. 전날 억수같이 내린 비 때문에 깊게 패인 웅덩이를 피하기 위해 살짝 핸들을 꺾는 순간, 갑자기 중심이 흔들리며 땅이 붕 솟아오르는 듯한 아찔한 느낌이 들었다. 그리고는 미처 멈출 새도 없이 길 옆 절벽으로 자전거와 함께 굴러 떨어지고 말았다.

그런데 사고가 일어난 곳이 하필이면 집에서 정면으로 내려다보이는 곳이었다. 오빠와 내가 학교 가는 모습을 지켜보시던 아빠와 엄마가 내가 절벽으로 떨어지는 걸 보고 얼마나 놀라셨을까? "가영아! 가영아아!" 두 분은 정신없이 소리를 지르며 한달음에 달려오셨다. 절벽 아래쪽은 커다란 바위들이 비죽비죽 솟아 있는 돌밭이었고, 두 분 역시 그걸 잘 알고 있었다.

생각해 보면 참 재수가 없던 아침이었다. 하지만 내가 그리 운이 나뿐 아이는 아니었던가 보다. 3미터가 넘는 절벽에서 돌밭으로 떨어졌는데도 그 많은 돌들 다 놔 두고 바위들 사이의 작은 논바닥으로 떨어진 걸 보면!

한 가지 신기한 건, 떨어지는 그 짧은 순간에 자나깨나 안전을 강조하던 아빠의 엄한 목소리가 또렷이 머릿속에 울렸다는 점이다. 그래서였을까? 나는 어디가 아픈지 생각해 볼 새도 없이 허겁지겁 일어나 풀을 움켜쥐고 논둑으로 기어오르기 시작했다.

먼저 달려온 아빠가 날 길 위로 잡아 올려 주셨다. 그리고 나는 아빠가 미처 뭐라고 말씀을 하시기도 전에 괜찮다며 엄마와 아빠를 안심시켜 드렸다. 내 옷에 묻은 흙을 털어 주는 엄마의 얼굴은 온통 눈물로 범벅이 되어 있었다. 난 정말 괜찮았는데, 그냥 옷이 더러워졌을 뿐이었는데 아빠와 엄마는 하염없이 눈물을 펑펑 쏟는 거였다.

내가 학교에 갔다 올 때까지도 두 분은 계속 슬퍼하고 계셨다. 나중에 들은 얘기지만 엄마는 하루 종일 펑펑 울고 아빠는 담배만 뻑뻑 피우며 눈물을 흘리셨다고 한다. 아무것도 드시지 못한 채 종일토록 일손을 놓고 계시던 아빠가 그 날 하신 일은 딱 하나! 나를 절벽으로 구르게 만든 길 한복판의 그 깊은 물웅덩이를 원수를 갚듯 순식간에 메워 버린 것이었다.

다음 날 아침, 물웅덩이는 흔적도 없이 사라졌고 길은 아주 평평했다.

다락방

식물생태관, UFO나비집, 야외학습장, 잠자리마을, 생태연구관, 그랜드피라밋, 풍뎅이박물관 등 홀로세 생태학교의 전체적인 구성이 거의 틀을 잡아 갔다. 식물과 곤충을 위한 공간들이 하나 둘씩 마무리되면서, 아빠는 그 때까지 별로 신경을 쓰지 못했던 우리 식구들을 위한 자그마한 공사를 시작하셨다.

원래 집이 ㄱ(기역) 자로 생겼는데, 안채와 바깥채를 연결해서 다락을 만들었다. 바깥채 다락으로 올라가면 안채 다락을 통해 안채로 나올 수 있었는데, 마치 미로를 통과하는 듯한 재미난 구조였다. 다락방에 대한 아빠의 그리움이나 향수 때문이기도 했지만, 그보다는 겨울에 외부의 공기를 막음으로써 쓸데없이 열을 낭비하지 않으려는 에너지 보존 목적이 더 컸다.

에너지 보존이 환경 보존의 첫걸음이라는 거창한 뜻을 제대로 이해하기엔 아직 어린 나이였지만 오빠와 나는 다락이라는 공간이 생겼다는 사실만으로도 너무나 기뻤다. 엄마 아빠가 시키지 않아도 알아서 청소를 했고, 둘이서 여기는 내 방 저기는 오빠 방 하며 나름대로 공간을 나누기도 했다. 2층집에서 사는 게 소원이었던 나는 특히 더 기뻤다. 틈만 나면 올라가서 놀기도 하고 책을 읽기도 하며 다락에서 거의 살다시피 했을 정도로.

　다락 공사가 끝난 후 한동안은 온 가족이 다락에 올라가서 아늑한 분위기에서 쉬곤 했다. 특히 창문 밖으로 펼쳐지는 그림 같은 연못과 그 뒤로 펼쳐지는 산들의 풍경에 다들 홀딱 반해 버렸다.

　하루는 아빠가 아주 멋진 아이디어를 내셨다. "여기서 차나 한 잔 마시면 좋겠다." 다락 창가에 예쁜 탁자를 만들어 놓고 비 오는 날에는 연못을 바라보면서 오붓한 시간을 갖자는 것이었다. 오빠와 난 동시에 만세를 불렀고 엄마 역시 무조건 찬성이었다.

　탁자는 두 개의 네모난 나무 받침대 위에 유리를 올려 놓으니 뚝딱 완성! 받침대 윗부분의 움푹 들어간 부분에는 화가인 삼촌이 그린 멋진 그림을 넣어 두었다. 꽃과 숲을 소재로 한 그 그림은 바깥 풍경과 어우러져 다락의 분위기를 한층 더 분위기 있게 만들어 주었다.

　봄에는 새순이 돋은 연둣빛 산 속에 함박눈처럼 흩날리는 벚나무 돌배나무 산사나무 꽃잎들, 여름에는 짙은 녹색의 산과 매미의 울음소리, 가을에는 울긋불긋 화려하게 물든 아름다운 단풍, 겨울에는 흰 눈으로 뒤덮인 산과 눈꽃이 눈부시게 피어난 나무들의 모습이 한 폭의 그림 같았다. 하지만 뭐니뭐니해도 비 오는 날의 연못 풍경과 지붕 위로 떨어지는 빗소리가 가장 멋지고 분위기 있었다.

　이렇듯 사계절 모두 아름다운 곳이었지만 정작 엄마와 아빠는 다락방에서 단 한 번도 커피를 마시면서 쉴 시간이 없었다. 매일매일 끝도 없이 계속되는 일에 지쳐서 집에 들어오면 곧바로 쓰러져 주무시기에 바빴기 때문이다. 지금은 그 탁자조차 치워 버렸는데, 아빠 엄마가 차 한 잔 즐길 여유도 없는 생활을 하셨다고 생각하면 지금도 가끔씩 눈물이 난다.

행복하기도 했고 슬프기도 했던 그 해 여름은 그렇게 지나갔다. 그리고 우리 가족은 올해로 새골에서 여덟 번째 여름을 맞는다. 이제 홀로세 생태학교는 일 년 내내 많은 사람들이 찾아오는 생태교육의 일 번지가 되어 있다. 그 썰렁하던 버려진 집이 이렇게 변했다는 게 어떨 때는 정말 기적 같다는 생각이 든다.

그 모든 것들이 엄마 아빠의 땀과 눈물로 이루어졌다는 걸 생각하면 언제나 두 분에 대한 존경심이 가슴 가득 차 오른다. 또 나 역시 거기에 작은 힘을 보탰다는 게 아주 뿌듯하고 자랑스럽다. 어른이 된 뒤에도 아빠처럼 열정적이고 엄마처럼 섬세하게 홀로세를 지킬 수 있다면, 그것이야말로 나를 키워 준 부모님과 나를 키워 준 자연에 대한 가장 큰 보답이 될 것이다. 다행히도 나는, 내가 생각하기엔, 엄마와 아빠를 골고루 닮은 것 같다.

비 오는 날이 쉬는 날

홀로세를 자주 다녀가는 아이들 중 현빈이라는 아이가 있다. 현빈이가 홀로세에 오면 가장 먼저 하는 일은 생태학교를 한 바퀴 쭉 돌아보는 것이다. 그리고 나서야 비로소 홀로세가 더 예뻐졌다는 둥 하면서 사람들에게 인사를 하는 것이다. 오랫동안 울퉁불퉁 비포장 길이던 홀로세 오는 길이 잘 닦인 포장도로로 바뀐 걸 보고는 교장 선생님이 많이 속상해하셨겠다며 아빠의 속마음을 읽기도 하는 기특한 녀석이다.

현빈이가 한 말 중에 기억에 남는 한마디가 있다.

"홀로세는 일 주일 만에 와도 또 바뀐 게 있어. 정말 매일매일 바뀐다니까."

정답이다. 홀로세는 아빠의 손과 땀을 통해 늘 바뀐다. 어느 것 하나 아빠의 손길이 닿지 않은 게 없다. 교육 시설물 관리와 곤충 사육, 사진 촬영에 이르기까지 아빠가 하시는 일은 일일이 셀 수 없이 많다. 공부하러 온 아이들이 다니는데 불편하지 않도록 길을 닦아야 하고, 겨울엔 열심히 보일러에 나무를 땐다. 울타리도 계단 만드는 일도, 케이지(cage, 사육 상자) 하나 만드는 것도 모두 아빠 몫이다.

이렇게 바쁜 중에도 아빠는 3년 간이나 마을의 이장을 맡았다. 이장 일에 시간을 많이 빼앗겨 생태학교에는 오히려 손해가 됐지만 그래도 아빠는 아주 보람 있는 일이었다고 말씀하신다. 하지만 아빠에게 가장 의미 있는 일은 끊임없이 공부하는 것이다. 늦깎이 학생으로 강원대학교에서 석사를 마치고 서울 대학교에서 박사 과정까지 마치셨다. 공부에 대한 아빠의 열정은 정말 감탄스러울 정도다.

그 많은 일들을 모두 하려 하니 아빠의 몸이 성할 리가 없다. 아빠가 천하장사도 아니고 말이다. 아빠는 삽질로 인해 손목, 무릎 등 관절이 망가지고 허리의 통증도 심하시다. 희끗희끗한 머리에 새카맣게 그을린 얼굴이 내겐 너무 안쓰럽게만 보인다. 가끔씩 아빠가 힘겨워하는 모습을 볼 때면 마음이 너무나 아프다. 특히 아빠의 커다란 약봉지를 볼 때 가장 마음이 아프다.

그렇게 된 데는 아빠의 고집도 한몫을 했다. 모든 일을 아빠 손으로 직접 해야 마음이 놓인다며 쉬지 않고 일을 한 때문이다. 비록 몸은 힘들어도 하루하루 변해 가고 발전해 가는 홀로세를 보면 마음은 더없이 행복하신가 보다. 그러다 보니 아빠의 머릿속엔 홀로세를 위한 많은 아이디어들로 가득하다.

이런 아빠도 어쩔 수 없이 게으름을 피우는 날이 있다. 바로 비가 오는 날이다. 잠시도 일손을 놓지 않는 아빠도 억수로 쏟아지는 비 앞에서는 어쩔 수 없나 보다. 그래서 난 아빠가 너무 무리하신다 싶을 때는 괜히 하늘을 쳐다보며 비가 오길 바란 적도 많았다. 처음엔 비가 올 때마다 안절부절못하시던 아빠도 요즘은 비 오는 날이면 순순히 일손을 놓고 조금씩이나마 여유 시간을 갖는다.

사실 얼마 전까지만 해도 어지간한 비에는 일을 중단하지 않으셨다. 오히려 얼굴도 타지 않고 시원해서 일하기에 더 좋다며 비옷을 입고 일하셨다. 그런데 요즘엔 아픈 곳이 많아지면서 어쩔 수 없이 쉬는 날이 많아졌다. 아빠의 얼굴에 주름살이 또 한 줄 늘었다.

우리 엄마는 물매화

무리지어 피는 붉은빛의 진달래가 온 산을 뒤덮은 홀로세의 봄은 최고로 아름답지만 엄마에게는 힘겨운 노동의 시절을 의미한다. 날씨가 풀려 새순이 돋아나면 부쩍 일거리가 늘어나기 때문이다. 처음 횡성에 온 그 날부터 지금까지, 학교에 갈 때도 학교에서 돌아올 때도 아빠와 엄마는 늘 일을 하고 계셨다.

엄마의 일은 해도 해도 끝이 없다. 식물에 곤충에 온갖 생물들의 생활과 먹이를 신경 써야 하고, 박물관이니 실험실 그리고 나비집까지 각종 시설물의 관리도 언제나 아빠와 함께 해야 했다. 그것뿐만 아니라 엄마에게는 주부로서의 일까지 있었다.

엄마에게 봄은 어떤 의미일까. 새싹이 돋기 시작하면 각종 식물의 물 관리도 좀더 챙겨야 하고, 막 겨울잠에서 깨어난 곤충들을 사육하느라 예민하고 조심스러운 나날을 보내야 한다. 또한 너무 웃자란 식물들은 쳐 주고, 부족한 식물은 더 캐다가 심어 주는 일까지…… 잠시도 쉴 틈이 없다. 이렇게 바쁜데 언제 봄을 느끼며 즐거운 시간을 갖겠는가.

곤충 사진 촬영도 엄마가 늘 도맡아 하시는 일들 중 하나다. 일을 하다가도 처음 보는 곤충이 있으면 바로 사진을 찍거나 아니면 채집해 두었다가 꼭 찍으신다. 엄마 눈에 뜨인 이상, 그 곤충은 반드시 사진으로 남게 되어 있다.

엄마는 전시와 전족도 하셔야 한다. 전시는 나비나 나방의 표본을 만들기 전에 날개를 말려서 고정시키는 작업이고, 전족은 딱정벌레류의 표본을 만들기 전에 다리의 모양을 정돈하는 작업이다. 아빠와 오빠와 내가 곤충들을 채집해 오면 그걸 전시하고 전족하고 3주쯤 뒤에 표본 상자에 넣는 일까지 모두 꼼꼼한 엄마 손을 거쳐야만 한다. 또 사진으로만 찍어 두었던 곤충을 동정(종 찾아내기)하기 위해 아빠와 함께 수십 권이나 되는 도감과 책들을 쌓아 놓고 작업을 하신다. 남달리 뛰어난 눈썰미 덕에 동정 실력도 전문가 수준이다.

함께 하루 종일 일을 하느라 지친 몸으로 집에 돌아오면 엄마는 그 몸을 이끌고 식사를 준비한다. 엄마의 음식 솜씨는 정말 둘째가라면 서러울 만큼 뛰어나다. 일을 하러 오는 아줌마들도, 공부하러 온 아이들과 학부모들도, 엄마의 음식 앞에서 다들 할 말을 잃는다. 아이들이 홀로세의 음식에 홀딱 반했다며 음식 만드는 법 좀 가르쳐 달라며 엄마를 조르는 아줌마들이 나날이 늘고 있다.

뿐만 아니라 홀로세에 오기 전 병원에서 수간호사로 계셨던 엄마는 혹 다치거나 아픈 아이들이 있으면 척척 해결해 주는 신기한 약손이다. 그래서 최근에 생긴 별명이 바로 '대장금'이다. 드라마 속 대장금과 마찬가지로 음식 솜씨며 의술 모두 뛰어나기 때문이다. 이런 엄마가 없다면 홀로세는 어쩌면 제대로 안 돌아갈지도 모른다.

언젠가 내가 엄마를 물매화에 비유한 적이 있다. 물매화라는 꽃은 가느다란 꽃대 하나가 올라와서 그 위에 하얀색의 꽃이 한 송이씩 피는데, 그 꽃대는 보기엔 가냘프지만 절대 꺾이지 않는다. 바로 그게 엄마의 모습을 닮았다. 약한 듯하면서도 절대 쓰러지지 않는 엄마!

언제였던가. 그 날도 엄마는 온몸이 땀으로 범벅이 된 채 일을 하셨다. 저녁이 되자 겨우겨우 식구들 밥상을 차려 주고는 먼저 방으로 들어가셨다.

그 날 따라 왠지 공부도 안 되고 머리만 아팠던 나는 일찍 자기 위해 방으로 들어가 엄마 곁에 누웠다. 그런데 식은땀을 흘리며 자던 엄마가 갑자기 깨어나 내 손을 잡으시고는 "우리 가영이 간식도 제대로 못 챙겨 줘서 너무 미안하다"고 하시는 게 아닌가.

갑자기 눈물이 왈칵 쏟아졌다. 학교에 다닌다는 핑계로 그동안 홀로세 일은 물론이고 엄마의 심부름조차 제대로 한 게 없는데……. 세상에, 엄마가 나한테 미안하다니!.

엄마, 미안해요! 그리고 사랑해요!

나비 따라 나선 아이 나비가 되고

첫 번째 이야기
나비 따라 나선 아이
나비가 되고

아름다운 날개에 반하다
각시멧노랑나비

가끔 홀로세 생태학교에 오시는 부모님들이 내게 묻곤 한다. 나비 채집이 뭐가 그렇게 즐거우냐고. 아이들이 마냥 즐거워하며 정신이 푹 빠져 있는 게 아주 신기하신 모양이다.

그 즐거움을 한마디로 설명하기란 쉽지 않다. 하지만 나비를 좇아 뛰어다닐 때 느끼는 땀방울의 시원함, 그것만으로도 충분하다는 생각이다. 게다가 놓쳤던 나비가 다시 나타나고 마침내 채집에 성공했을 때의 그 뿌듯함! 마치 내가 뭔가 아주 큰일을 해낸 것 같은 느낌이다.

나비 채집을 시작한 지 얼마 안 됐을 때였다. 생태학교를 시작하기 전이니까 벌써 꽤나 오래 전의 일이다. 한창 더울 때였지만 우리 가족은 나비 채집으로 마냥 들떠 있었다. 오빠와 난 학교까지 빠져 가면서 따라 나섰으니 그 기쁨이 부모님보다 두 배는 더 컸을 것이다.

가평에 있는 화야산으로 나비 채집단 출발!

계곡을 따라 산에 오른 우리 가족은 각자 포충망을 들고 여기저기로 흩어지기로 했다. 키가 너무 작아서 3단짜리 포충망을 들 수 없었던 나는 하루 종일 아빠 뒤만 졸졸 쫓아다녔다. 그러니까 그 날 내가 했던 건 정확히 말하면 나비 채집이 아니라 나비 관찰이었던 셈이다.

한참 동안 나비를 쫓아다니던 가족들이 잠깐 모여서 땀을 말리며 쉴 때였다. 갑자기 아빠가 눈을 반짝 빛내며 조심조심 발걸음을 옮겼다. 엄마와 오빠와 난 잔뜩 긴장한 채 아빠가 움직이는 곳으로 눈을 돌렸다. 각시멧노랑나비 한 마리가 땅바닥에 내려앉아 물을 마시고 있는 게 보였다.

녀석은 날개를 접었다가 활짝 펴면서 한가롭게 햇빛을 쬐고 있었다. 그 광경을 보는 순간 우린 다들 그 날개 색깔에 홀딱 반하고 말았다. 평범한 노란색인 날개 뒷면과 달리 형광 노란색으로 빛나는 날개 앞면은 어찌나 아름답고 눈부시던지!

흥분한 아빠는 포충망을 최대한 길게 잡고는 숨죽인 채 살금살금 나비에게 다가갔다. 평소 같으면 그냥 휙 포충망을 날렸을 텐데 그 날은 아주 조심스러웠다. 최대한 가까이 다가가서 단번에 휙! 결과는 대성공!!

각시멧노랑나비 날개 뒷면

우리는 아빠가 나비를 삼각지에 무사히 넣은 후에야 비로소 휴우하고 한숨을 내쉬었다. 그리고는 바로 이게 사진으로만 보아 오던 각시멧노랑나비구나 하면서 뿌듯해했다.

잠시 후, 무슨 이유에선지 아빠가 다시 삼각지를 열고 나비를 꺼내셨다.

그런데 아뿔싸! 나비가 아빠의 손을 벗어나 너울너울 날아가는 게 아닌가. 행여 날개를 다칠세라 나비를 쥐고 있던 손을 조금 느슨하게 했더니…….

아빠는 나비를 좇아 정신없이 뛰기 시작했다. 하지만 애타게 바라보는 우리의 마음을 아는지 모르는지, 나비는 팔랑팔랑 하늘로 날아올라 이내 산등성이 뒤쪽으로 사라져 버렸다. 오늘은 나의 날개를 구경한 것만으로 만족하라는 듯이. 결국 각시멧노랑나비와의 첫 만남은 그렇게 짧고 아쉽게 끝나고 말았다.

나중에 아빠가 그러시는데 눈부시게 빛나는 그 날개를 다시 한 번 보고 싶어서 그러셨다고 한다.

말은 안 했지만 아빠는 몹시 속상한 눈치였다. 우리 역시 처음 채집한 각시멧노랑나비를 놓쳐 버린 게 너무나 아쉬웠지만, 어깨를 축 늘어뜨린 채 터벅터벅 돌아오는 아빠 앞에서 아무런 말도 할 수가 없었다. 다음 채집을 기대하는 수밖에…….

지금 홀로세에는 꽤 많은 각시멧노랑나비들이 서식하고 있다. 겨우 한 마리를 갖고 잡았다가 놓쳤다가 하면서 발을 동동 구르던 때와는 비교도 안 된다. 오랜 관찰 덕분에 지금은 녀석들의 한살이를 주르르 꿰고도 남을 정도가 되었으니.

각시멧노랑나비

각시멧노랑나비는 성충 상태로 주로 나뭇잎 아래나 낙엽 사이에서 겨울을 난다. 그래서 봄에 나오는 나비들은 그 고운 노란빛이 온데간데없이 사라지기 때문에 언뜻 보면 흰나비 종류로 착각하기 쉽다. 언젠가 꽃도 먹이식물도 없는 이른 봄에 흰나비를 보았다는 사람이 있었는데, 내 생각엔 아마 겨울을 나고 나온 각시멧노랑나비를 보았던 것 같다.

갓 나온 각시멧노랑나비는 겨울을 나기 전에 먹은 것 외에는 없어서 에너지가 몹시 부족하다. 약하고 비실비실해서 바람이 조금만 불어도 휙 쓸려가 버린다. 게다가 날개의 인편(비늘 조각)이 떨어지다 못해 거의 투명하게 되어 안쓰럽기까지 하다.

하지만 그 와중에도 짝짓기를 하고 끈질기게 산란을 한다. 힘도 없는 각시멧노랑나비가 겨울잠에서 깨어나자마자 산란부터 하려고 정신없이 날아다니는 모습을 보면 참 불쌍하다는 생각이 든다. 그렇게 힘겨운 산란을 마치고 나면 나비는 곧바로 생을 마친다.

목숨을 건 짝짓기를 끝낸 각시멧노랑나비는 갈매나무의 잎 위에 하얗고 길쭉한 타원형의 알 하나를 낳는다. 녀석들은 언제나 잎이 다 돋아나기 전에 산란을 하는데, 그 이유는 알을 보호하기 위해서다. 갈매나무 잎은 처음 나올 때 반으로 접혀 있기 때문에 그 위에 산란을 하면 나중에 잎이 자라나면서 알이 잎의 뒷면으로 가게 되는 것이다.

천적으로부터 알을 보호하려는 어미 나비의 지혜! 요즘엔 각시멧
노랑나비의 알이 붙어 있는 갈매나무 잎을 보면 내가 먼저 그 잎을 펴
서 알을 살짝 감춰 놓는다.

첫 채집에 성공하다
뿔나비

여름이면 단체로 무리를 지어 모여 있는 나비가 있다. 땅 위로 흐르는 물을 먹기 위해 까맣게 몰려 있는 그 녀석들의 이름은 뿔나비. 길 위에서 물을 먹고 있는 뿔나비 무리를 처음 본 사람들은 다들 화들짝 놀란다. 나비 하면 당연히 꽃에 앉아 꿀을 먹고 있는 모습이 우선 떠오르기 때문일 것이다.

뿔나비를 처음 채집한 건 횡성에 오기 전 계방산에 갔을 때였다. 홀로세 생태학교를 열기 전부터 아빠를 따라 나비 채집은 물론 철새 탐조다, 수서곤충 채집이다 하면서 전국 곳곳을 다녀 봤지만 그 날만큼 흥분한 날은 드물었던 것 같다. 난생 처음 내 손으로 직접 나비를 채집했으니 어찌 흥분하지 않겠는가. 늘 아빠 꽁무니만 쫓아다니다가 처음으로 든 포충망. 나비를 향해 휙! 마치 나비 과학자라도 된 듯한 그 뿌듯한 기분!

영광의 사건이 일어난 장소는 가파른 언덕길이었다. 포충망을 들고 설레는 마음으로 길을 오르는데 어럽쇼? 수십 마리의 나비들이 땅바닥에 시커멓게 모여 있는 게 아닌가! 잽싸게 포충망을 휘둘렀더니 뿔나비 몇 마리가 미처 날아가지 못하고 그물 속에 걸렸다. 한 번에 5마리 이상을 채집했으니 첫 시도치고는 꽤나 성과가 좋은 편이었다.

뿔나비는 이름 그대로 머리 부분이 뿔이 난 듯 뾰족했다. 녀석들을 삼각지 안에 넣고 다시 포충망을 들고 뛰어다니는데 아빠가 이제 그만 다른 곳으로 옮기자고 하셨다. 그 때만 해도 난 내가 나비 채집에 소질이 있다는 생각으로 우쭐하기만 했었는데, 지금은 아빠가 그 때 왜 날 계방산에 데리고가셨는지 알 것 같다. 뿔나비가 나오는 시기에 적당한 장소를 찾아간 이유도.

계방산은 각종 약초와 야생화가 자라고 있으며 희귀목인 주목과 철쭉나무들이 군락을 이루며 자라는 곳이다. 생태계 보호구역으로 지정될 만큼 환경이 잘 보호되어 있는 계방산과 뿔나비를 통해 아빠가 내게 들려주고 싶은 이야기가 참 많았구나 하는 생각이 든다. 늦게나마 그런 걸 깨달았으니 아빠의 작전은 결국 성공을 거둔 셈이다.

뿔나비의 먹이식물은 팽나무다. 홀로세 생태학교 주변에는 팽나무가 아주 많은데, 녀석들 외에도 홍점알락나비, 흑백알락나비, 왕오색나비, 수노랑나비까지 무려 5종의 나비들이 팽나무를 먹이식물로 삼고 있다. 팽나무가 엄청 맛있나 보다. 만일 팽나무가 사라지면 그 나비들 역시 더 이상 살아남지 못하고 사라지게 될 것이다. 팽나무 사랑이 곧 나비 사랑이다.

뿔나비는 성충 상태로 겨울을 나고 봄이 되면 산란을 한 후 생을 마감한다. 팽나무의 새순이 돋자마자 귀신같이 알아채고 모여들어 산란을 하는 것도 신기하지만, 더 신기한 건 잎눈이 터질 듯 말 듯한 곳만 찾아서 잎 주변에만 알을 낳는다는 점이다. 어쩌면 그렇게도 잘 골라 내는지 녀석의 대단한 실력에 놀랄 수밖에!

겨우내 아무것도 먹지 않은 채 겨울잠을 자다가 나와서 그런지 뿔나비는 힘이 하나도 없어 보인다. 그나마 남아 있던 힘마저 산란을 하는 데 모조리 써 버린다. 산란을 마친 뿔나비들이 땅바닥에 앉아 있다가 그냥 힘없이 쓰러져 죽어 가는 건 그 때문이다.

이렇게 무더기로 산란된 알에서 애벌레들이 부화하기 시작하면 팽나무 잎은 순식간에 팽! 하고 사라지게 된다. 먹성 좋은 애벌레들이 팽나무의 새순을 채 자라기도 전에 죄다 먹어 버리기 때문이다. 그래서 다른 나무들이 한창 싱싱한 새순을 내면서 자라고 있을 때 팽나무는 앙상한 가지만 초라하게 남게 된다. 그리고 그 가지들마다 예외 없이 뿔나비 애벌레들이 잔뜩 달라붙어 있다. 팽나무의 수난시대이자 뿔나비 애벌레들의 전성시대가 열리는 것이다.

그렇다고 해서 팽나무가 죽는 건 물론 아니다. 뿌리를 통해 양분을 흡수할 수 있고, 조금씩 남아 있는 잎들을 통해 광합성을 할 수 있기 때문이다.

뿔나비

뿔나비 애벌레의 가장 큰 특징은 거미처럼 실을 뽑아 낸다는 점이다. 나뭇가지에 붙어 있다가 약간의 충격이라도 느껴지면 잽싸게 실을 내어 나무 밑으로 점프! 수많은 애벌레들이 한꺼번에 실을 내면서 후두둑 떨어질 때면 마치 비가 쏟아지는 듯한 느낌이 들 정도다. 건드리면 몸을 웅크리며 곧장 바닥으로 떨어져 버리는 꼬리명주나비 애벌레와는 달리 뿔나비 애벌레들은 실을 내어 대롱대롱 매달렸다가 안전하게 땅으로 내려앉는 것이다.

물론 녀석들에겐 거미처럼 실을 이리저리 엮어 내는 재주는 없다. 그냥 실에 매달린 채 아래로 내려가기만 할 뿐이다. 또 실 자체도 거미줄에 비해 훨씬 가늘고 약하다. 하지만 비상시에 탈출용으로 쓰기엔 딱 좋다. 사람으로 치자면 낙하산을 항상 지니고 다니는 셈이니까 말이다.

위험을 느꼈을 때뿐만 아니라 먹이가 없을 때도 녀석들은 실을 내어 그네를 타듯 흔들며 먹이가 있는 곳으로 이동한다. 작은 몸으로 꾸물꾸물 기어서 먹이를 찾는 다른 애벌레들에 비하면, 뿔나비 애벌레는 대단한 능력을 가지고 태어난 것이다. 표현을 안 해서 그렇지 다른 애벌레들이 무척 부러워하지 않을까? 나무 위로 올라갈 때는 여느 애벌레들과 마찬가지로 기어 올라가야겠지만 말이다.

언덕길에서 물을 먹고 있던 계방산 뿔나비는 나를 나비에 푹 빠지게 한 고마운 친구로 가슴속에 남아 있다. 요즘도 뿔나비를 보면 그 날 포충망을 휘둘렀을 때의 긴장과 설레임이 생생하게 떠오르곤 한다.

마지막으로 나비 상식 하나! 물을 먹는 나비는 모두 수컷이다.

드디어 나비와 친구가 되다

초등학교 5학년이던 1998년도의 일이다. 아빠가 연못 앞의 팽나무에서 홍점알락나비를 채집하여 'UFO나비집'에 넣어 주셨다. 흔치 않은 홍점알락나비를 처음으로 관찰한데다, 산란을 받으면 사육할 수 있다는 기대까지 겹쳐서 오빠와 나는 아주 신이 났다. 매일 아침을 먹기가 무섭게 UFO나비집으로 달려갔고, 하루 종일 그 앞에 쪼그리고 앉아 홍점알락나비가 산란하는 모습을 관찰했다.

홍점알락나비는 팽나무 위로 날아다니다가 주로 잎 위에 사뿐히 앉는다. 잠깐 앉아 있다가 날아가는 건 잎 위에 산란하는 경우고, 팽나무 가지를 타고 걸어다니는 건 가지에 산란하는 경우다. 우리는 팽나무의 잎과 줄기 사이사이에 알을 낳는 홍점알락나비에게서 잠시도 눈을 뗄 수가 없었다. 그 나풀거리는 날갯짓이며 조심스러운 종종걸음이 어찌나 예쁘던지!

산란 이후 홍점알락나비의 '산란 이후 관찰 일지'를 쓰고 사육하는 일은 자연스럽게 내 몫이 되었다. 며칠 뒤, 옥색의 알이 점점 까맣게 변하더니 드디어 애벌레가 알을 깨고 나왔다. 1령까지는 뿔이 없다가

한 번 탈피를 하고 2령이 되는 순간
부터 머리 부분에 뿔이 생
기는데, 앙상한 가지처럼
뾰족한 모양이다.

홍점알락나비 5령 애벌레

　홍점알락나비의 애벌레들은 항상 앞
부분이 들려 있는 게 특징이다. 뒤에 달린 헛발
로 몸을 지탱하면서 앞쪽을 성난 것처럼 꼿꼿이 세운다. 종령이 되면
큰 애벌레들은 4cm 이상 자라기도 하는데, 살이 포동포동 오른 건강
한 종령을 보면 얼마나 뿌듯한지. 그럼 누가 키웠는데!

　5mm에 불과한 까만 머리의 1령 애벌레에서부터 웅장한 뿔이 달린
5령 애벌레가 되기까지, 정성을 다해 키운 홍점알락나비가 마침내 애
벌레 시기를 마감하고 번데기를 틀었다. 이제 빨간 점이 박힌 홍점알
락나비가 우화할 일만 남은 것이다.

　그런데 이상하게 오랜 시간이 지났는데도 번데기가 우화하지 않았
다. 기다리다 기다리다 번데기를 반으로 잘라 보았다. 세상에 맙소
사! 예쁜 홍점알락나비가 나와야 할 번데기 안에 징그러운 애벌레들
이 우글대고 있다니!

　나는 그제야 기생당했다는 걸 알아차렸다. 나름대로 천적을 막아
준 UFO나비집이었지만 망을 뚫고 들어오는 거미들과 망 사이로 산
란관을 꽂는 기생벌들을 완전히 막을 수는 없었던 것이다. 우리는 번
데기의 기생을 피하기 위해 케이지를 아크릴이나 플라스틱 등으로 여
러 번 바꾸었고, 그렇게 힘든 과정을 거친 뒤에야 비로소 홍점알락나
비를 우화시키는 데 성공할 수 있었다.

나비가 태어나던 날, 나는 하늘을 날 듯이 기뻤다. 무사히 우화에 성공한 홍점알락나비에게 뭔가 해 주고 싶었던 나는 샬레(과학 실험용 유리 그릇)에 꿀물을 담아 주었다. 그랬다가 나비 다리에 꿀이 묻는 거 같아서 다시 납작한 나무막대에 꿀물을 묻혀 놓아 주었다.

사실 UFO나비집에는 홍점알락나비가 먹을 만한 꽃이 아주 많았다. 그런데도 굳이 그렇게 했던 이유는 꼭 내 손으로 먹이를 먹여 주고 싶었기 때문이다. 갓난아이를 대하는 엄마의 심정이랄까.

나비는 처음엔 꿀물에 별로 관심이 없는 듯했다. 그러다가 한 번 맛을 보더니 다음부터는 아주 자연스럽게 막대 위에 올라서서 말려 있던 입을 대롱처럼 길게 내밀고 꿀물을 빨기 시작했다. 내가 준 먹이를 나비가 먹다니! 이제 홍점알락나비는 나의 소중한 친구가 된 것이다.

그건 정말 특별한 경험이었다. 원래 홍점알락나비는 사람이 다가가기만 해도 날아가 버리는 예민한 녀석인데 나에게는 달랐다. 내가 곁에 가도 도망가지 않았고, 그저 주위를 팔랑거리면서 흡밀에만 열중했다.

그러던 어느 날, 눈물 나게 감격스러운 일이 벌어졌다. 홍점알락나비가 내 손 위에 가녀린 발을 살짝 디딘 것이다! 아아! 심장이 콩닥콩닥, 온몸이 찌릿찌릿! 나비와 나의 영혼이 하나가 된 느낌! 당장이라

홍점알락나비

도 가족들한테 자랑하고 싶어 안달이 났지만 소리를 지르면 날아갈까 봐 숨소리도 제대로 낼 수가 없었다.

그 날 이후로 우린 둘도 없는 단짝 친구가 되었다. 나는 틈만 나면 UFO나비집에 들어가서 홍점알락나비를 손에 올려 놓고 눈을 마주치며 얘기도 하고 꿀도 주면서 시간을 보냈다.

그 때 내가 경험했던 황홀하면서도 신비로운 느낌은 말로는 도저히 표현할 수 없다. 단지 생명과 생명 사이에 흐르는 알 수 없는 그 무엇을 직접 체험했다는 얘기 외에는……. 내게 처음으로 곤충과의 교감을 느끼게 해 준 천사 같은 친구, 홍점알락나비! 사랑해, 친구야!

아빠가 들려주는 생태 상식

기생이란?

두 종류의 생물들 중 한쪽이 일방적으로 이익을 갖는 경우를 말한다. 당하는 쪽을 '숙주', 공격하는 쪽을 '기생자'라고 부른다. 기생은 식물 간, 동물 간, 동식물 상호간에 두루 발생하며, 숙주의 몸 속에 침입하여 생활하는 '내부 기생'과 숙주 외부에 붙어서 생활하는 '외부 기생'으로 나뉜다. 영양분을 완전히 숙주에 의존하면 '전기생'이고, 겨우살이처럼 엽록소를 갖고 필요할 때 스스로 영양분을 만들어 내면 '반기생'이다. 숙주를 죽이지 않고 몸을 빌려 살아 가는 기생도 있고, 발육에 필요한 영양분을 섭취한 후에 숙주를 죽여 버리는 '포식기생'도 있다. 곤충의 경우는 대부분 포식기생이며 기생벌과 기생파리 등 많은 기생성 곤충이 여기에 해당한다.

나는야 홀로세의 사랑스런 캐릭터
꼬리명주나비

프시케(psyche)! 영혼의 신! 나비라는 뜻을 가진 그리스어로 꼬리명주나비를 말한다. 새골 주변에 특히 많이 서식하는 이 희귀종은 우리 홀로세 생태학교의 사랑스러운 캐릭터다. 이 곳의 깨끗한 환경을 나타내는 지표종(어떤 특정한 환경에서만 볼 수 있는 종)으로 손색이 없고, 게다가 우리나라를 대표하는 나비로 이야기될 만큼 기품 있는 나비이기도 하니 여러 모로 홀로세의 상징이 될 만한 자격을 갖춘 셈이다.

그래서였을까. 꼬리명주나비는 내게 기쁨과 슬픔을 번갈아 준 특별한 나비다. 또한 생태를 보존하는 일의 의미에 대해 참 많은 생각을 갖게 해 준 나비이기도 하다.

제일 기뻤던 건 오빠가 꼬리명주나비 연구로 전국과학전람회에서 당당히 동물 부문 특상을 차지했던 일이다. 연구 주제는 〈꼬리명주나비의 누대사육과 자원화 방안〉!

연구는 아주 순조로웠다. 처음 시작할 때 번데기의 수가 워낙 많았고 서식 환경도 잘 만들어져 있었던 덕분이다. 개체 수가 많을수록 정확한 자료를 얻을 수 있기 때문에 오빠의 연구가 더욱 빛을 볼 수 있었던 것 같다. 사육이나 관찰을 통해 늘 접하던 종이다 보니 대회에서 심사위원들이 질문을 할 때도 척척 대답할 수 있었다고 한다. 다른 건 몰라도 꼬리명주나비에 대해서 오빠만큼 자세히 알고 있는 사람은 아마 없을 거다.

오빠가 상을 받은 날은 횡성에 생태학교를 만들고 나서 가장 기뻤던 날이다. 아빠의 일이 드디어 조금씩 성과를 내기 시작한다는 생각에 우리 가족은 물론이고 곤충에 관심을 갖고 있는 주변 사람들 모두가 자기 일처럼 기뻐했던 기억이 난다.

슬픈 일도 있었다. 생태학교 옆에 있는 계곡을 따라 위쪽으로 집 한 채가 있는데, 그 집 주위에는 꼬리명주나비가 유난히 많이 날아다녔다. 집 바로 아래에 꼬리명주나비의 먹이식물인 쥐방울덩굴 군락지가 있었기 때문이다.

쥐방울덩굴은 이름 그대로 열매의 모양이 쥐방울처럼 앙증맞고 동그랗다. 안 좋은 냄새 때문에 까마귀오줌통이라고 불리기도 한다. 먹이식물이 충분하니 부근에 꼬리명주나비가 많은 건 당연했고, 녀석들과 함께 쥐방울덩굴을 먹이식물로 삼는 사향제비나비의 애벌레 역시 많았다. 우리는 그 쥐방울덩굴 군락지를 보물처럼 애지중지했다.

그런데 끔찍한 일이 벌어지고 말았다. 군락지 옆집에 사는 할머니가 쥐방울덩굴이 빨래터로 내려가는 길을 막는다고 그만 거기다가 약을 뿌린 것이다.

할머니로서는 별 생각 없이 한 일이지만 결과는 너무나 심각했다. 독한 약으로 인해 쥐방울덩굴 군락지가 완전히 망가지고 만 것이다.

초록빛이던 잎들은 모두 갈색으로 변한 채 빠르게 시들어 가기 시작했다. 아빠가 펄펄 뛰며 분통을 터트렸지만 이미 일은 벌어지고 난 뒤였다. 엄마가 지금이라도 살아 있는 애벌레를 채집해 오자며 달려갔지만 단 한 마리의 애벌레도 찾을 수 없었다. 순식간에 일어난 어처구니없는 끔찍한 사건이었다.

보금자리에서 평화롭게 먹이를 먹다가 사고를 당한 애벌레들을 생각하면 지금도 마음이 아프다. 농사를 짓는 과정에서 생기는 자연 파괴에 대해 사람들은 너무나도 무관심하다. 한번은 어떤 아저씨가 조그마한 논에 물 좀 쉽게 대겠다고 생태학교를 끼고 흐르는 계곡에 시멘트로 둑을 만들어 물을 가둬 두는 바람에 수서곤충과 민물고기들이 떼로 죽는 일이 벌어진 적도 있었다.

군락지가 사라지자 풀밭을 나풀거리며 아름답게 날아다니던 꼬리명주나비의 개체 수가 눈에 띄게 줄어들기 시작했다. 꼬리명주나비를 지키기 위하여 우리 가족은 본격적인 사육을 해 보기로 마음 먹었다. 생태학교의 소중한 캐릭터인 꼬리명주나비를 되살리기 위해 온 가족이 한마음이 된 것이다. 일단 쥐방울덩굴을 최대한 찾아서 옮겨 심고, 천적으로부터 보호받을 수 있는 케이지도 만들어 주기로 했다.

세상엔 쉬운 일이 하나도 없다. 맨 처음 만들었던 그물망 케이지는 기생벌들의 맹렬한 공격을 막아 내지 못했다. 결국 벌 떼를 막기 위해 아크릴로 된 케이지를 부랴부랴 새로 만들었고, 그 후에야 비로소 사육에 성공할 수 있었다.

우리는 케이지 속에서 우화한 꼬리명주나비 암컷들을 모두 자연으로 날려 보냈다. 또 수컷도 몇 개체만 남기고 모두 방사시켜 주었다.

하마터면 사라질 뻔했던 홀로세의 꼬리명주나비는 되풀이되는 사육과 방사를 통해 다시 되살아났고, 덕분에 꼬리명주나비의 한살이에 대해서도 자세히 알게 되었다.

꼬리명주나비의 애벌레들은 몸집이 작은 1~3령까지는 천적을 막기 위해 무리를 지어 생활한다. 그러다가 몸이 커지고 먹이가 많이 필요해지는 4~5령부터는 서로 흩어져 단독 생활을 하게 된다. 재미있는 건, 녀석들이 뭔가 위험을 느꼈을 때 즉시 땅으로 툭 떨어져 버린다는 사실이다. 가끔 채집을 하려고 건드리다 보면 아래로 떨어져 풀속에 숨어 버린 애벌레는 좀처럼 찾기 힘들다. 아마 내가 가고 없으면 다시 쥐방울덩굴로 기어오르겠지?

번데기 시절엔 그와 반대로 튀어오르는 묘기를 보여 준다. 겨울을 나고 있던 번데기들이 햇빛을 받아 공중으로 툭툭 튀어오르는 모습을 지켜보는 건 아주 신비로운 체험이다. 홍점알락나비나 왕오색나비의 번데기가 위협적인 자극을 받았을 때 몸을 심하게 흔드는 것과 비슷한 반응인 것 같다. 움직이지 못하는 번데기도 살아 있는 생명체라는 사실을 보여 주는 소중한 가르침이다.

번데기에서 막 나온 꼬리명주나비의 날개는 작게 접힌 상태로 몸에 달라붙어 있다. 힘든 걸음으로 우화대를 찾으면 즉시 거꾸로 매달린 채 날개를 펴서 말리기 시작한다. 걸음걸이가 너무나 힘들어 보여서 도와 주고 싶을 때가 한두 번이 아니지만, 괜히 손을 댔다가 무슨 탈이 날지 모르기 때문에 꾹 참고 그냥 관찰만 하는 경우가 대부분이다. 그러다가 마침내 우화대를 타고 올라가 접혀 있던 날개를 말릴 때

꼬리명주나비 암컷

꼬리명주나비 수컷

면 그제야 참은 숨을 내쉬곤 한다.

꼬리명주나비의 중요한 특징 중 하나는 색깔로 암수가 구분된다는 점이다. 암컷은 검정색 바탕에 흰 무늬가 있고 수컷은 반대로 흰색 바탕에 검은 무늬가 있기 때문에 다른 나비들과 달리 암수 구별이 아주 쉽다. 어떤 게 더 예쁜지에 대해서는 사람마다 의견이 다르지만.

무사히 우화한 나비들을 날려 주는 기분은 그렇게 상쾌할 수가 없다. 열심히 키운 나비를 날려 보내면 섭섭할 거라고들 생각하지만 천만의 말씀! 그 시원하고 뿌듯한 마음을 어떤 말로 표현할 수 있을까. 자유롭게 하늘로 날아오르는 나비들을 보면 마치 내가 나비가 된 듯한 느낌이다.

아빠는 곤충들의 고조할아버지

우리 아빠는 홀로세에 서식하는 수많은 곤충들의 고조할아버지뻘이다. 물론 따져 보면 그 이상이겠지만. 언제 천적에게 잡혀 먹힐지 몰라 가슴 졸이며 살아가는 곤충들에게 아빠는 더없이 좋은 보호자다.

나비들은 아빠가 마련해 준 UFO나비집에서 안전하게 짝짓기도 하고 알을 낳는다. 천적도 없고, 맘껏 먹을 수 있는 꿀 많은 식물과, 산란할 먹이식물도 많은 UFO나비집은 나비들에게 최고급 호텔이라고 할 수 있다.

UFO나비집은 일종의 작은 생태계이다. 나비를 포함한 곤충들의 생태계 조성을 목표로 이 지역에서 서식하고 있는 80여 종의 나비의 라이프 사이클(생물의 출생부터 사망까지의 과정)을 직접 확인할 수 있도록 대를 이어서 사육하고 있다. 특히 나비와 먹이식물과의 관계, 기생 및 천적 등 먹이사슬의 유형을 알아보고 흡밀하는 식물의 종류와 형태를 파악한다.

또한 성충을 UFO나비집에 방사해서 자연스럽게 산란을 하게 하여 사육하기도 하고, 밖에서 채집해 온 알이나 애벌레를 먹이식물로 옮겨 사육하기도 한다. 나비의 종류에 따라 먹이식물이 군락을 이루고 있으므로 먹이를 걱정할 필요가 없고, 성충들을 위한 흡밀 식물이 곳곳에 심겨져 있어 일 년 내내 굶주릴 일이 없다. 간혹 UFO나비집에 들어온 천적들도 아빠가 알아서 없애 주기 때문에 나비들로서는 최고의 서식지일 수밖에 없다.

이 UFO나비집 덕분에 나비들은 짝짓기부터 산란까지, 그리고 알에서 부화한 애벌레들은 번데기를 지나 성충의 과정까지 아빠의 보살핌 속에서 무사히 자라나게 되는 셈이다. 그러니 아빠는 아빠의 손을 거쳐 간 모든 곤충들의 고조할아버지뻘이 된다. 가령 꼬리명주나비의 경우 1년에 봄, 여름, 가을 이렇게 3번 발생하니까 1대손, 2대손, 3대손. 그리고 사육한 지 6년이 지났으니까 3×6=18! 벌써 아빠의 18대손이 이곳 홀로세에서 서식하고 있는 것이다.

아빠는 곤충을 대할 때 정말 자식처럼 사랑을 듬뿍 담아 정성을 다하신다. 마치 친자식인 오빠와 나를 대할 때처럼. 어른 벌레도 애벌레도 심지어 움직이지 못하는 번데기까지도 아빠에겐 다 사랑스러운 '자식들'이다.

애벌레들의 먹이를 갈아줄 때에도 나와는 너무 큰 차이가 난다. 나는 똥을 치우고 새 잎을 놓고 애벌레를 톡톡 쳐서 잎 위로 굴리면 끝이다. 그런데 아빠는 반드시 유충 핀셋으로 조심스럽게 한마리 한마리를 다룬다. 나비를 날릴 때도 삼각지를 펴고 나비가 혼자 힘으로 날아갈 때까지 계속 기다리며 지켜본다. 앞으로도 사랑스런 아빠의 자손들이 더욱더 번창하며 대대손손 건강하게 살아가기를.

몸에 주머니를 달고 다니네
모시나비

봄이 되면 홀로세 생태학교는 갑자기 부산해진다. 아빠는 새벽같이 일어나서 기온을 확인하는 일로 하루를 시작하고, 엄마는 밤 사이에 눈이 녹아서 질척거리는 길 위에 모래를 뿌리기 위해 서둘러 집을 나선다. 날이 풀리면 많은 종류의 씨앗을 뿌려야 하기 때문에 매일 기온을 체크하는 일은 아주 중요하다.

우리 가족이 제일 먼저 하는 봄맞이 행사는 하우스 안에 있던 야생화들을 바깥에 내놓는 일이다. 아직은 짧기만 한 봄볕이지만 화단 앞에 한 줄로 늘어놓은 화분들에서는 싱싱한 생기가 넘쳐난다. 줄기만 누렇게 남아 있는 야생화들이 힘껏 기지개를 켜는 듯한 느낌이 들기도 한다. 겨우내 우리 가족의 안전을 위해 열심히 굴러다녔던 트럭의 바퀴에 감겨 있는 무거운 체인을 벗겨 내는 것 역시 빼놓을 수 없는 봄맞이 행사들 중 하나다.

하지만 가장 중요한 일은 어떤 곤충이 언제 우화하고 언제 활동을 시작하는지를 매일매일 꼼꼼하게 기록하고 일지를 쓰는 것이다. 하루 중의 기온 변화를 기록하는 것도 게을리해서는 안 된다. 그 중에서도 모시나비 관찰은 아주 세심하게 해야 한다. 1년에 딱 한 번, 봄에만 나오는 녀석들이기 때문이다.

모시나비는 말 그대로 날개가 모시처럼 투명해서 붙은 이름이다. 녀석들은 하늘거리며 낮게 날아다니기 때문에 다른 나비들에 비해 채집하기가 쉬운 편이다. 처음엔 수컷들이 주로 활동을 하다가 조금 지나면 암컷들이 서서히 활동을 시작하는데, 이렇게 암수를 쉽게 구분할 수 있는 건 모시나비의 중요한 특징 중 하나인 수태낭 덕분이다.

수태낭은 짝짓기를 마친 암컷의 배에 생기는 주머니를 말한다. 한 번 짝짓기를 한 뒤 수컷의 분비물로 암컷의 배 끝 부분을 막아 다른 수컷과 짝짓기를 못 하게 막는 것이다. 나비들 중에서 수태낭을 만드는 건 모시나비와 붉은점모시나비 그리고 애호랑나비뿐이다. 봄바람과 함께 나타나는 모시나비의 수태낭을 보면 곤충들의 종족 보존 방법이 참으로 다양하다는 걸 새삼 느끼게 된다.

언젠가 아이들이 채집해 온 모시나비의 특징을 관찰하며 오빠의 설명을 듣고 있을 때였다. 모시나비가 갑자기 산란을 하기 시작하는 것이었다. 우유 빛깔의 알을 줄줄이 낳는 모습이 어찌나 신기하던지……. 나뿐만 아니라 모든 아이들이 신기하고 뿌듯한 마음에 눈도 깜빡거리지 않고 그 모습을 관찰했다. 바로 눈앞에서 나비의 알을 받는 건 좀처럼

모시나비의
수태낭

하기 힘든 특별한 경험이었던 것이다.

나는 모시나비의 한살이를 알아보기 위해 사육을 시작했다. 모시나비는 1년에 단 한 번, 그것도 먹이식물 주변의 마른 가지에 산란을 하기 때문에 알을 찾기가 굉장히 어렵다. 먹이식물에 붙어 있는 갈색의 애벌레 역시 작은 자극에도 밑으로 떨어져 낙엽 틈새에 묻혀 버리기 때문에 좀처럼 눈에 띄지 않는다. 그래서 채집한 암컷을 삼각지에 넣어 알을 받기로 했다. 암컷은 죽기 직전에 꼭 산란을 하기 때문에 삼각지에 잘 넣어 두기만 하면 알을 받을 수 있다.

알을 낳고 죽은 삼각지 안의 모시나비를 보니 문득 녀석이 가엾다는 생각이 들었다. 어차피 산란을 끝으로 생을 마칠 거라면 그 전에라도 다른 친구들처럼 자유롭게 날아다니고 싶었을 텐데……. 나는 부화된 애벌레를 잘 키우겠다고 마음속으로 굳게 약속했다.

모시나비의 1령 애벌레는 산란해 놓은 알 속에서 겨울을 난다. 그리고 봄이 되면 부화하여 나머지 성장 과정을 거친 다음 성충이 된다. 그러므로 다른 애벌레들과는 달리 1령 애벌레 시기를 눈으로 직접 관찰할 수가 없다.

이듬해 봄, 모시나비의 먹이식물인 현호색이 돋아나길 기다렸다가 그 주위에 받아 둔 알을 뿌렸다. 애벌레들은 건강하게 자라서 아름다운 모시나비가 되어 봄볕 속으로 날아갔고, 나는 녀석들의 어미에게 했던 약속을 지킬 수 있었다.

나비들도 입맛은 못 바꿔
호랑나비

호랑나비는 사람들에게 가장 친숙한 나비다. 동요도 있고 "아싸, 호랑나비" 같은 노래도 있어서 그런 모양이다. 그런데 정작 호랑나비가 어떻게 생겼는지 아는 사람은 별로 없는 것 같다. 얼룩얼룩한 나비만 보면 무조건 호랑나비라고 생각하는 사람들도 많다.

호랑나비의 날개는 검은 얼룩무늬와 노랑 무늬가 어우러진 게 이름 그대로 호랑이를 닮았다. 예전에는 범나비라고 불린 적도 있다고 한다. 그런데 호랑나비와 범나비가 실은 같은 나비라는 걸 아는 사람은 또 얼마나 될까?

남부 지방으로 채집을 나갔을 때의 일이다. 따뜻한 남쪽 지방에는 호랑나비가 꽤나 많았다. 그런데 산초나무를 먹이식물로 삼는 다른 지역 호랑나비들과 달리 남쪽에 서식하는 녀석들은 탱자나무를 먹이식물로 삼고 있었다. 나비들은 대개 한 가지 식물만을 먹는다고 알고 있었는데, 같은 호랑나비임에도 불구하고 지역에 따라 입맛이 다르다는 사실이 놀라웠다.

아빠가 먹이식물에 관한 실험을 한번 해 보자고 제안하셨다. 그래서 탱자나무를 캐다가 케이지에서 사육 중인 횡성에 서식하는 호랑나비에게 넣어 주었다. 그러나 호랑나비의 애벌레는 탱자나무를 거들떠보지도 않고 단식투쟁(?)을 하다가 결국은 굶어 죽고 말았다. 죽은 애벌레로부터 받은 산교육! 이를 계기로 먹이 식물에 대한 우리 가족들의 관심은 더 커지게 되었다.

호랑나비

횡성 호랑나비들의 먹이식물인 산초나무는 독특한 향이 난다. 산초향은 비린내를 없애 줄 뿐만 아니라 모기를 쫓는 데도 효과가 있다고 한다. 우리는 나비도 먹일 겸 번거로운 모기도 쫓을 겸 해서 집 주변에 산초나무를 최대한 많이 심기로 했다.

홀로세 본부 앞 화단에는 주로 4가지의 식물이 심겨 있다. 산초나무, 바디나물, 쥐방울덩굴 그리고 조팝나무. 산초나무는 호랑나비와 긴꼬리제비나비, 바디나물은 산호랑나비, 쥐방울덩굴은 꼬리명주나비와 사향제비나비, 조팝나무는 줄나비류와 부전나비의 먹이식물이다. 식물들 사이사이엔 성충들이 좋아하는 흡밀 식물들을 심어 놓았다.

생태학교가 처음 만들어질 때부터 가꿔 온 이 화단은 완성형이 아니라 늘 진행형이다. 면적을 점점 넓혀 가고, 적당한 시기에 가지치기를 해 주고, 덩굴류는 타고 올라갈 수 있는 지지대를 설치해 주는 등 아직도 계속 만들어 가는 중이다. 먹이가 풍부한 데다가 주변에는 성충들이 꿀을 빨 수 있는 흡밀 식물들이 가득 피어 있어 나비들이 산란하기엔 최고다. 덕분에 여러 나비들의 생활 모습을 바로 곁에서 자세히 관찰할 수 있다.

나비들 역시 이젠 사람들에게 많이 익숙해진 듯하다. 사람이 있어도 놀라 달아나지 않아 공부하러 온 아이들과 함께 호랑나비의 산란 과정을 지켜볼 수 있다. 짝짓기를 마친 호랑나비 암컷들은 날개를 파닥이며 배 끝을 산초나무 잎에 살짝 갖다 댄 채 산란을 한다. 마치 물속에 산란하는 잠자리처럼 몸을 통통 튀기는 모습이 아주 재미있다. 녀석들은 절대 가지나 줄기에 산란하지 않고 언제나 잎 윗면에 알을 한 개씩만 낳는다.

처음엔 노란색이던 알은 애벌레가 부화할 때가 되면 차츰 검은색으로 변해 간다. 부화 직전에는 알이 아예 시커멓게 변하고, 그 작은 알에서 크기가 알과 비슷한 애벌레가 나온다. 부화한 애벌레는 곧바로 알 껍질을 갉아먹기 시작하여 부스러기 하나 남기지 않고 깨끗하게 먹어치운다.

호랑나비 5령 애벌레

애벌레는 총 5번의 탈피를 거쳐 번데기가 된다. 1령부터 4령까지는 흰색과 짙은 자주색이 섞인 새똥 모양으로 위장을 하고 있다가 5령이 되면서 전혀 다른 모습으로 변신을 한다. 더 이상 칙칙한 새똥 색깔이 아닌 고운 연둣빛 애벌레로 바뀌게 되는 것이다.

호랑나비의 5령 애벌레를 보면 머리 부분에 땡글땡글한 눈이 있다.

그리고 다리도 8쌍이나 된다. 그러나 이 눈과 다리는 알고 보면 모두 가짜다. 녀석의 진짜 얼굴은 머리 아래쪽에 감춰져 있다. 겉으로 드러난 그 눈은 사실은 눈이 아니라 눈 모양으로 보이게 하여 천적에게 겁을 주려는 일종의 보호 장치인 것이다. 또 8쌍의 다리 중 성충이 되어서 사용되는 진짜 다리는 3쌍뿐이고, 나머지 5쌍은 애벌레의 길쭉한 몸을 이동할 때 사용하는 헛발이다.

냄새가 장난이 아니네
산호랑나비

산호랑나비는 대량 사육으로 개체 수를 늘리는 데 성공한 대표적인 종이다. 횡성에 처음 왔을 때는 좀처럼 보기 힘들었고 채집도 어쩌다 한 번 될까 말까 했는데, 우리 가족이 몇 년 간 끊임없이 대량 사육을 해서 방사하고 서식 공간도 늘린 결과 이제는 개체 수가 눈에 띄게 늘어났다.

산호랑나비가 희귀종이 된 이유는 뭘까? 힌트는 산호랑나비의 속명! 녀석들의 속명은 '당근벌레' 다. 말 그대로 당근을 먹이로 삼는다는 얘기다. 당근을 재배하는 농민들로서는 귀한 농작물을 갉아먹는 산호랑나비가 당연히 얄미운 해충으로 여겨졌을 것이다.

그렇다고 농민들이 일부러 나비를 잡아 없앤 건 아니다. 나비를 쫓아낸 건 사람이 아니라 농약이다. 시골에서 하나 둘씩 당근에 농약을 치기 시작하면서부터 산호랑나비의 개체 수는 줄어들기 시작했고, 결국 산호랑나비는 흔치 않은 희귀종이 되어 버렸다. 나비건 호랑이건 농약에 오염된 당근을 먹고 살아남을 수 있는 생물은 지구상에 하나도 없을 테니까.

산호랑나비의 개체 수를 늘리는 데는 꽤나 많은 노력이 필요했다. 그나마 다행인 건 녀석들이 주변의 농민들에게 아무런 피해를 주지 않는다는 점이었다. 홀로세 생태학교가 있는 하대리 주변에는 당근을 재배하는 농가가 없기 때문에 산호랑나비가 늘어나건 말건 신경 쓸 사람이 전혀 없었던 것이다.

산호랑나비의 생김새는 호랑나비와 비슷하지만 자세히 보면 차이가 있다. 호랑나비는 윗날개 중실(날개 가운데 칸막이 부분) 부분이 줄로 이루어져 있지만 산호랑나비는 줄이 없고 그냥 검은색이다. 산호랑나비의 아랫날개에는 붉은 점이 있는데 매우 선명하고 색깔도 곱다. 그리고 그 붉은 점을 따라 올라가면서 파란 인편이 뿌려져 있다.

진한 노란색과 검정색의 줄무늬가 어우러진 산호랑나비의 아름다운 빛깔은 얼핏 보기에 말벌과 아주 비슷하다. 이것은 다른 동물들의 눈을 속이고 천적들로부터 몸을 보호하기 위해서다. 감히 사나운 말

산호랑나비

벌을 건드리는 간 큰 놈들은 별로 없을 테니까. 이처럼 힘센 동물과 비슷하게 보이는 위장용 색깔을 가리켜 '경계색'이라고 한다.

산호랑나비의 애벌레는 호랑나비와 마찬가지로 1~4령까지는 새똥 모습이다가 종령이 되면서 화려하게 바뀐다. 약간 형광색을 띤 연두색 바탕에 노란색과 검정색 무늬가 박혀 있어 멀리서도 금방 발견할 수 있다. 홀로세로 들어오는 길가에 산호랑나비의 먹이식물인 바디나물이 많기 때문에 주로 거기에서 산호랑나비 애벌레를 채집하는데, 차를 타고 가다 보면 여기저기서 보이는 애벌레들을 일일이 채집하느라 차가 계속 제자리걸음일 때가 많다. 몇 미터 가다가 "잠깐만!" 또 몇 미터 가다가 "어, 잠깐만!" 그러다가 아예 차를 세워 놓고 채집을 한 적도 여러 번 있었다.

산호랑나비의 애벌레를 만져 보면 말캉말캉하고 솜이불처럼 폭신폭신하다. 게다가 보들보들하기까지! 할 수만 있다면 이불 속에 데리고 들어가서 같이 자고 싶을 만큼 뽀송뽀송한 녀석이다.

산호랑나비는 매우 시큼한 냄새를 풍기는 냄새뿔을 갖고 있다. 호랑나비과의 나비들이 갖고 있는 일반적인 특징이긴 하지만 특히 산호랑나비의 냄새뿔은 잊을 수가 없다. 언젠가 공부하러 온 아이들에게 산호랑나비의 냄새뿔을 보여 주기 위해 일부러 계속 건드려 봤는데, 이럴 수가! 짤막한 줄만 알았던 노란 냄새뿔이 갑자기 몸뚱이 길이만큼 쭈욱 늘어나는 게 아닌가!

냄새뿔이 손에 닿으면서 노란 액체가 묻었는데, 마치 레몬을 식초

산호랑나비 5령 애벌레

에 절여서 썩힌 듯한 고약한 냄새가 풍겼다. 그 액체는 한 번 묻으면
좀처럼 냄새가 가시지 않기 때문에 아주 오랫동안 고생하게 된다. 그
래도 애벌레가 냄새뿔을 내밀었을 때 지나가면서 얼핏 냄새를 맡으면
가끔은 레몬 향처럼 향기롭게 느껴질 때도 있다.

아빠가 들려주는 생태 상식

호랑나비과 애벌레의 냄새뿔

체내에서 합성되어 몸 밖으로 방출되는 물질을 '외분비물'이라 하고, 그
물질이 합성되는 샘을 '외분비샘'이라 한다. 호랑나비과의 애벌레들은 자
기들이 먹는 식물의 화학 성분을 외분비샘에서 분해·합성한 다음 냄새뿔
을 통해 방출하는데, 이는 천적으로부터 스스로를 보호하는 일종의 방어
물질이다. 평소엔 머리 바로 뒤쪽 몸 안에 숨겨져 있다가 자극을 받으면 혈
림프의 압력으로 구조 전부가 뒤집어지면서 내용물을 방출한다. 나비가 되
면 냄새뿔은 저절로 없어진다. 지독한 노린내로 천적을 쫓는 노린재들의
뒷가슴에 있는 냄새샘도 같은 종류이다.

변신에 변신을 거듭하다

1년에 한 번밖에 볼 수 없는 귀한 나비를 꼽으라면 애호랑나비를 빼놓을 수 없다. 수태낭이 생기는 나비를 꼽을 때 역시 빠지지 않는 게 바로 애호랑나비다. 생김새는 호랑나비와 비슷하지만 크기에서 차이가 나기 때문에 이름 앞에 '애' 자를 붙여서 따로 구분한다.

처음 횡성에 왔을 때만 해도 애호랑나비의 수는 아주 적었다. 먹이식물인 족두리풀이 주변에 거의 없었기 때문이다. 나비 채집을 하러 횡성 지역 곳곳을 수도 없이 다녀 봤지만 족두리풀을 본 건 한두 번밖에 되지 않았다. 먹을 게 없으니 애호랑나비도 당연히 적을 수밖에. 게다가 애호랑나비는 봄에 잠깐 나타나는데, 워낙 개체 수가 적다 보니 채집은 커녕 그냥 쳐다볼 기회조차 갖기 어려웠다. 공부하러 온 학생들 중 상우라는 녀석이 한 번 관찰하고 그 이후에 아빠가 한 번 관찰하셨을 뿐, 어느 누구도 애호랑나비를 발견하지 못했다.

귀하디 귀한 애호랑나비가 처음으로 채집된 건 2000년 봄이었다. 아빠가 갑자기 포충망을 들고 집 안으로 우당탕 뛰어들어오면서 "여보, 애들아! 애호랑나비를 잡았어!"라고 외쳤다. 애호랑나비는 암컷이었는데, 수태낭이 있는 걸로 봐서 이미 짝짓기까지 마친 모양이었다. 엄마와 오빠와 난 너무 기뻐서 소리를 지르며 펄쩍펄쩍 뛰었다.

엄마 아빠가 몇 년 간 계속해서 족두리풀과 철쭉, 진달래를 집 주변에 심은 게 큰 도움이 된 것 같았다. 실제로 얼마 뒤엔 바깥에 심어 놓은 족두리풀에서도 애호랑나비의 알이 발견되었다.

우리는 애호랑나비 암컷을 여왕 모시듯 조심조심 다뤄서 드디어 알을 받았다. 애호랑나비의 알은 정말 말로 표현할 수 없을 정도로 영롱하게 반짝이는 옥색이었다. 아마 옥구슬도 그렇게 예쁜 옥구슬은 없으리라. 먹이식물인 족두리풀 위에 10~20개 가량 붙어 있는 알들은 마치 이슬을 머금은 듯 투명하고 영롱해 보였다.

그런데 그렇게 예쁜 알에서 부화한 애벌레들은 정말 영 아니었다. 송충이랑 비슷하다고나 할까? 저렇게 보석처럼 아름다운 알에서 어떻게 저런 흉측한 애벌레가 태어날 수 있는지……. 긴 털을 가진 시커먼 놈들이, 그것도 떼거지로 우글거리며 족두리풀 뒷면에 다닥다닥 붙어 있는 모습이, 어우! 제아무리 곤충을 사랑하는 사람이라도 애호랑나비의 애벌레를 보면 선뜻 만질 수 없었을 것이다.

아무튼 그 애벌레들이 무럭무럭 자라서 번데기를 틀었다. 그런데 이 녀석들은 배 끝을 매다는 수용

애호랑나비

도 아니고, 중간 부분을 실로 매어 붙어 있는 대용도 아니고, 그냥 땅에서 데굴데굴 굴러다니는 나용이었다. 어차피 예뻐해 주는 사람도 없으니 제멋대로 굴러다니며 살겠다는 마음보인지.

번데기 상태로 여름, 가을, 겨울이 지나고 다시 봄이 왔다. 마침내 번데기에서 애호랑나비가 우화를 했고, 우린 성공적으로 날개를 말린 나비들을 모두 자연으로 날려 보냈다. 그래서 얻은 가장 큰 수확은 이젠 봄이 되면 예전과 달리 애호랑나비를 자주 볼 수 있다는 것이다. 방사를 워낙 많이 한 데다가 먹이식물인 족두리풀을 주변에 많이 심은 것이 큰 도움이 된 것 같다.

족두리풀에 관해 한 마디 더 하겠다. 족두리풀은 잎이 하트 모양이고 꽃이 잎줄기 아래쪽으로 거의 땅에 붙다시피 해서 피는데, 자주색의 꽃이 마치 족두리를 뒤집어 놓은 것처럼 생겼다. 가늘게 엉켜 있는 족두리풀의 뿌리를 한방에서는 '세신'이라 하여 감초만큼이나 자주 사용한다. 그래서 많은 사람들이 산을 헤집고 다니며 족두리풀을 마구 캐다가 한약방에 팔았다고 한다. 그러니 애호랑나비의 개체수도 당연히 줄어들 수밖에……. 사람들의 생각 없는 행동이 하나의 생물을 멸종의 길로 몰고 갈 수도 있음을 족두리풀을 통해 다시 한 번 확인하게 된다.

나 찾으면 용하지

갈고리나비

갈고리나비는 이름 그대로 날개의 끝이 갈고리처럼 휘어져 있는 나비다. 휘어진 부분이 주황색을 띠기 때문에 영명은 '오렌지 팁(orange tip)'이다. 이 주황색은 암수를 구별하는 기준이 되는데, 주황색이 있으면 수컷이고 없으면 암컷이다.

갈고리나비는 크기도 작고 봄에 잠깐 나타났다가 사라지기 때문에 무심코 지나치기 쉽다. 하지만 나는 봄이 되면 이 수수한 나비가 왠지 자꾸만 기다려진다. 작고 갸날픈 날갯짓으로 열심히 날아다니는 모습을 보면 애처로우면서도 한편으론 귀여운 느낌이 들기도 한다.

갈고리나비에게는 누구도 흉내낼 수 없는 뛰어난 기술이 있다. 그건 녀석의 위대한 위장술이다. 실험실에서 교육을 할 때마다 나는 아이들에게 번데기가 붙어 있는 돌배나무 가시를 보여 주며 "자, 여기서 번데기를 한번 찾아보세요" 하고 갈고리나비의 번데기를 찾아보게 한다.

금방 찾을 것 같겠지만 천만의 말씀! 쉬운 일 같으면 아예 시키지를 않지. 관찰력이 뛰어난 몇몇 아이들이 눈을 부릅뜨고 간신히 찾아

갈고리나비 암컷

갈고리나비 수컷

내기 전까지는 아무도 번데기를 알아보지 못한다. 나중에 내가 가시와 똑같이 생긴 번데기를 손으로 가리키면 아이들은 그제야 그게 가시가 아니라 번데기라는 걸 깨닫고 감탄을 한다. 그러니 내가 '위대하다'는 표현을 쓸 수밖에.

사실 처음엔 나도 번데기가 어디 있는지 찾아내지 못했다. 엄마가 위치를 콕 집어서 가르쳐 준 뒤에야 비로소 가시 모양의 번데기를 찾아냈는데, 어찌나 돌배나무 가시와 똑같이 생겼는지 신기해서 한동안 입을 다물 수가 없었다. 가시가 있는 돌배나무에 가시와 똑같이 생긴 번데기를 틀다니! 천적을 피하기 위해 가시처럼 위장한 갈고리나비 번데기의 생존 능력은 놀랍다 못해 감동적이기까지 하다.

자, 이쯤에서 갈고리나비 번데기를 찾아내는 나만의 비법을 공개할까? 가시와 똑같이 생긴데다 색깔마저 나뭇가지와 똑같은 번데기를 눈으로 찾아내는 건 초보자들에게는 거의 성공률 0%! 그럴 때는 돋보기를 이용해야 한다. 돋보기로 가시들을 자세히 살피다 보면 가운데 물방울 모양의 흰색 무늬가 있는 가시가 눈에 띌 것이다. 바로 그게 갈고리나비의 위대한 번데기다.

　또 하나의 방법은 실을 찾는 것이다. 돌배나무의 가시들 중 나뭇가지에 아주 희미하게 실이 연결되어 있는 가시를 찾으면 된다. 그것은 가시가 아니라 갈고리나비의 위대한 번데기다. 세상에는 수많은 종류의 번데기들이 있지만 위대하다는 칭찬을 듣는 번데기는 아마 이 녀석들밖에 없을 것이다.

맛 좋은 뾰족 가시
네발나비

환삼덩굴에는 가시들이 촘촘히 박혀 있다. 산이건 밭둑이건 길가건 가리지 않고 서식하는 이 골칫덩어리 식물은 생명력도 강해서 일단 싹을 틔웠다 하면 그야말로 한도 끝도 없이 자라난다. 없애도 끈질기게 계속 자라나는 이 식물을 시골 사람들은 너나없이 다들 징그러워한다. 오죽하면 마귀풀이라는 별명이 다 붙었을까.

환삼덩굴의 줄기엔 톱니 같은 가시들이 빽빽이 나 있어서 살짝만 닿아도 긁히기 십상이다. 살갗이 쓸리기라도 하면 넘어져서 까진 것보다 훨씬 더 따갑고 쓰라린다.

하지만 우리 식구들은 그 마귀풀을 베어 내지 않는다. 홀로세 본부 주변에 있는 환삼덩굴은 아이들이 다니다가 쓸리는 것을 막기 위해 아빠가 없애 주시지만, 다른 곳에 있는 환삼덩굴은 절대 손대지 않는다. 그걸 먹이식물로 삼는 나비가 있기 때문이다. 아무도 좋아하지 않는 그 징그러운 마귀풀을 먹고 사는 녀석들은 다름 아닌 네발나비다.

난 처음엔 환삼덩굴의 줄기에만 가시가 있고 잎에는 없는 줄 알았다. 그런데 채집을 하면서 보니까 잎에도 작은 가시들이 가득했다.

네발나비 애벌레들은 바로
그 잎을 먹으면서 자란다.
만지기도 겁나는 가시투성이
의 잎을 어쩜 그렇게 맛있게
사각사각 갉아먹는지! 정말 특
이한 녀석들이다.

네발나비

　머리 또한 똑똑하다. 아무도 가까이하지 않는 그 잎을 이용해서 아늑한 집을 만든다. 환삼덩굴의 잎은 별 모양으로 생겼는데, 뾰족한 끝부분들을 하나로 모은 다음 실을 내어 고정시키고 그 안쪽에서 살아가는 것이다. 천적의 눈에 뜨이지 않는 안전한 곳에 숨어서 자기 집을 야금야금 파먹으며 무럭무럭 자라는 애벌레!

　홀로세 생태학교에 공부하러 온 아이들과 함께 네발나비 애벌레를 채집할 때면 우산을 접은 듯한 모양의 잎을 찾으라고 일러 준다. 그러면 거의 그 안에 애벌레가 들어 있다. 가끔씩은 애벌레 시기를 다 끝마치고 고치를 튼 번데기가 발견되기도 한다.

　아이들은 자기가 찾은 잎에 애벌레가 들어 있으면 소리를 지르며 좋아한다. 마치 나비 박사라도 된 듯한 의기 양양한 표정들을 지으며. 그래서 채집이 끝나고 돌아오다가도 잎이 말려 있는 것을 발견하면 무작정 환삼덩굴을 향해 달려가곤 한다. 그러다가 마귀풀의 가시에 쓸려서 얼굴을 잔뜩 찌푸리며 엄살을 부리기도 하지만.

알쏭달쏭 나비 암수 구분법

나비의 암수를 구분하는 가장 정확한 방법은 '파악기'가 있는지 살펴보는 것이다. 수컷의 배 끝에 있는 파악기는 짝짓기를 할 때 암컷의 생식기를 꽉 움켜잡아 정자 수송을 돕는 역할을 한다. '쌀밥 보리밥' 놀이에서 "쌀밥!" 했을 때 손 벌린 사람이 상대의 주먹을 꽉 잡는 장면을 생각하면 이해하기가 쉽다.

짝짓기를 하는 시간은 곤충들에게 아주 위험한 시간이다. 천적의 눈을 피해야 하는 것은 물론이고, 이동도 맘대로 못하기 때문이다. 나비의 파악기는 이런 위험을 줄이는 데 아주 중요한 역할을 한다. 파악기 덕분에 나비들은 암수가 붙어 있는 상태에서도 이동할 수 있고, 짝짓기에 성공할 확률도 그만큼 높아지게 되는 것이다.

채집한 나비가 암컷인지 수컷인지 궁금하면 배를 살짝 눌러 보라. 배 끝이 쫙 벌어지면 수컷이고, 아무 반응이 없으면 암컷이다. 이게 가장 확실한 방법이긴 하지만, 굳이 파악기를 확인하지 않고도 암수 구분이 가능한 나비들도 있다.

(1) 색깔을 비교해 보라

나비들 중엔 암컷과 수컷의 색깔이 다른 녀석들이 있다. 꼬리명주나비가 대표적인 경우다. 꼬리명주나비의 암컷은 검은색이고 수컷은 흰색이다.

꼬리명주나비 암컷

꼬리명주나비 수컷

(2) 수태낭이 있는가

수태낭은 짝짓기를 마친 암컷의 배 끝에 생기는 주머니를 말한다(자세한 설명은 모시나비 부분 참조). 수태낭은 모시나비와 붉은점모시나비, 애호랑나비에게만 생긴다.

모시나비의 수태낭

(3) 성표를 찾아보자

수컷에게만 나타나는 표시다. 수컷의 날개에는 암컷 유인 페로몬을 방출하는 발향린이라는 기관이 있는데, 날개 전체에 고루 퍼져 있는 경우도 있고 한 곳에 집중되어 있는 경우도 있다. 발향린이 한 곳에 집중되면 독특한 무늬와 색깔을 띠게 되는데 이게 바로 성표다. 긴꼬리제비나비 수컷의 경우 아랫날개 윗부분에 흰색의 타원형 무늬(성표)가 있다.

긴꼬리제비나비 수컷

(4) 무늬의 차이를 발견하자

암컷과 수컷의 무늬가 확연히 다른 나비들도 있다. 암끝검은표범나비의 경우, 이름에서도 알 수 있듯이 암컷 날개의 끝부분이 검은색이다. 수컷에겐 이런 무늬가 없다.

암끝검은표범나비 암컷

암끝검은표범나비 수컷

따로 또 같이

사향제비나비

홀로세 생태학교 단골 학생으로 혜윤이와 지윤이가 있다. 혜윤이는 나와 동갑내기 친구이고 지윤이는 혜윤이의 동생이다. 혜윤이와 지윤이는 쌍둥이처럼 닮았는데 둘 다 활발한 성격이어서 우리 셋은 금방 친구가 될 수 있었다.

언젠가 지윤이가 쥐방울덩굴을 먹이식물로 하는 사향제비나비와 꼬리명주나비를 관찰하여 보고서를 작성할 일이 생겼다. 아빠는 당시 풍뎅이박물관 아래쪽에 있던 피라밋케이지 하나를 주시고 집중적으로 관리하고 관찰할 수 있도록 해 주셨다. 우리 셋은 나비가 직접 흡밀할 수 있는 엉겅퀴와 먹이식물인 쥐방울덩굴을 캐다가 심고, 나비도 채집해서 암컷과 수컷을 같이 넣어 주었다.

그냥 알고만 있는 것과 직접 서식 환경을 만들며 관찰하고 탐구하는 것엔 엄청난 차이가 있다. 그 때의 소중한 경험 덕분에 나도 꼬리명주나비와 사향제비나비의 생태를 자세하게 알 수 있었다.

혜윤이와 지윤이는 집이 서울이라서 매일 관찰할 수가 없었기 때문에 평일엔 내가 대신 관찰을 했다. 애벌레 개체 수를 꼼꼼히 체크하고, 번데기를 찾아서 위치를 표시해 놓고, 우화한 사향제비나비나 꼬리명주나비의 산란 여부를 살피고……. 그러다가 주말에 혜윤이와 지윤이가 오면 몇 개체가 죽었는지, 알을 어디다 몇 개 낳았는지 알려 주고 일 주일 동안 관찰한 일지를 보여 주었다. 그러면 지윤이가 주말에 직접 관찰한 것과 합쳐서 알의 부화 기간, 애벌레의 탈피 횟수 등 꼬리명주나비와 사향제비나비의 생태를 정리하며 보고서를 써 나가는 식이었다. 자랑을 하자면 그 보고서는 나중에 상을 받았다!

사향제비나비는 수컷의 몸에서 사향 냄새가 나기 때문에 붙은 이름이다. 수컷의 배에는 붉은색의 무늬가 있어 암수를 구분하기도 아주 쉽다.

사향제비나비

애벌레는 멀리서 보면 마치 새똥처럼 보이는데, 이를 '의태' 라고 한다. 다른 물체와 비슷하게 보임으로써 자기를 노리는 천적들의 눈을 속이는 일종의 위장술이다. 호랑나비의 1~4령 애벌레 역시 같은 방법으로 제 몸을 보호한다.

다른 방식의 의태도 있다. 뱀눈나비과의 나비들은 날개에 눈알 무늬가 있는데 이름 그대로 뱀의 눈처럼 무섭게 보인다. 하찮은 새똥으로 위장하는 비굴한(?) 의태가 아니라, 그와 반대로 뱀처럼 사납게 보이려는 경고용 의태인 셈이다.

　한 가지 특이한 건, 같은 먹이식물을 먹
는 사향제비나비와 꼬리명주나비가 사는
곳이 완전히 다르다는 점이다. 쥐방울덩굴 주위로
채집을 나가 보면 꼬리명주나비가 있는 곳에는 사향제비나
비가 없고, 사향제비나비가 있는 곳에는 꼬리명주나비가 없다. 서로
의 영역을 확실히 구분함으로써 먹이 경쟁을 피하는 나비들의 생태를
보면 어떤 면에서는 사람보다 훨씬 지혜롭다는 생각이 들기도 한다.

사향제비나비 애벌레

아빠가 들려주는 생태 상식

의태

의태는 동물들이 천적의 눈을 속이기 위해 다른 동물이나 물체로 위장하는
것을 말한다. 작은 가지처럼 생긴 자벌레, 나무줄기의 가시와 똑같이 생긴
갈고리나비 애벌레 등은 약한 곤충이 주변 물체와 똑같은 모습을 띠는 대표
적인 사례이다. 파리목에 속하는 등에, 나비목의 유리나방이나 호랑나비 등
은 벌과 비슷한 노랑·검정의 얼룩 무늬로 포식자들을 속인다. 메뚜기들이
주변 풀숲과 비슷한 녹색을 띠다가 벼가 익을 무렵에 갈색으로 변하는 것
역시 계절에 맞춘 놀라운 의태다.

독특한 무늬나 신체 기관을 이용한 '자기 의태'도 있다. 가령 표범나비류의
줄무늬는 포식자에게 혼동을 일으키고, 부전나비의 미상돌기(꼬리 모양 돌
기)는 가짜 머리로 인식되며, 뱀눈나비과의 나비는 날개에 눈알 모양의 무
늬를 여러 개 갖고 있어서 상대로 하여금 공격 목표를 정확히 찾지 못하도
록 한다.

힘겹게 껍질을 벗고 하늘 속으로
배추흰나비

초등학교 3학년 자연책에 보면 '배추흰나비의 한살이'라는 단원이 있다. 그래서 그런지 배추흰나비는 호랑나비만큼이나 우리에게 친근한 이름이다. 나비들을 놓고 인기 투표를 하면 분명히 이 두 나비들이 1, 2위를 다툴 것이다.

배추흰나비의 먹이식물은 배추일까? 틀린 건 아니지만 그렇다고 완전히 맞는 것도 아니다. 지역에 따라서 먹이식물이 조금씩 다르기 때문이다. 어떤 곳에서는 배추, 또 어떤 곳에서는 케일……. 홀로세 부근에 서식하는 배추흰나비는 개갓냉이와 장대나물을 먹이식물로 삼는다. 개갓냉이는 작고 노란 꽃을 아기자기하게 피우는데, 보통은 잡초라고 여기고 뽑아 내기가 일쑤다.

홀로세 으뜸 팬인 세인이랑 미령이랑 마당에서 놀고 있을 때의 일이다. 어디선가 배추흰나비 한 마리가 나타나 개갓냉이 주변을 자꾸만 팔랑거리며 맴돌았다. 혹시나 하는 마음에 계속 지켜보고 있었더니 역시나! 암컷이었다. 산란을 하기 위해 계속 그 주위를 맴돌고 있는 게 분명했다.

그런데 아이들은 좀 이상하다면서 고개를 갸우뚱했다. 배추흰나비의 먹이식물은 분명히 배추라고 알고 있었는데 저 나비는 왜 엉뚱하게 남의 밥상을 기웃거리느냐는 것이었다.

그래서 나 이가영이 나서서 아이들의 궁금증을 해결해 줬다. 예전에 남쪽 지방 호랑나비의 먹이식물인 탱자나무를 횡성으로 가져왔다가 실패하면서 배운 경험을 살려, 날씨와 온도의 차이에 따라 지역마다 먹이식물이 달라질 수 있다는 걸 자세히 설명해 주었다. 먹이식물은 양이 풍부하고 질이 더 우수한 쪽으로 가게 되어 있다는 것도 빠뜨리지 않았다. 이만하면 나도 그럭저럭 생태학교 선생님 자격이 있지 않을까?

우리는 이때를 놓치지 않고 배추흰나비의 산란 모습을 자세히 관찰했다. 배 끝을 잎 위에 살짝살짝 대고 나면 그 자리엔 어김없이 노란 알이 달라붙어 있었다. 그렇게 30여 분 동안 산란을 하고 난 뒤, 배추흰나비는 천천히 다른 곳으로 날아갔다.

내친김에 다른 알을 더 찾아보기로 했다. 세인이와 미령이가 주위를 돌아다니며 알이 있는 개갓냉이를 찾으면 내가 가서 모종삽으로 조심스럽게 캐냈다. 캐낸 개갓냉이는 싱싱하게 유지하기 위해 곧바로 영양분이 풍부한 흙을 담은 화분에 옮겨 심었고, 물을 충분히 준 다음 사육을 위한 케이지에 넣었다. 이제 남은 것은 매일 변화를 관찰하며 꼼꼼하게 일지를 쓰는 일뿐이었다.

배추흰나비, 큰줄흰나비, 줄흰나비 등은 산란을 할 때 잎에다 노랗고 길쭉한 알을 한 개씩 낳는다. 그런데 난 그 모습을 볼 때마다 늘 의아해했다. 흰나비과에 속하는 나비들은 은판나비나 왕오색나비처럼

배추흰나비

빠르게 날지도 못하고, 그렇다고 뱀눈나비과의 나비처럼 천적을 속이는 기술도 없다. 그런데 그렇게 약한 녀석들이 뭘 믿고 알을 그렇게 조금씩 낳는 걸까? 꼬리명주나비처럼 무더기로 산란을 하면 생존율을 높일 수 있을 텐데 말이다.

그렇지만 곰곰이 생각해 보니 이유를 알 것도 같았다. 녀석들의 먹이식물인 개갓냉이는 쥐방울덩굴처럼 쭉쭉 뻗어 나가지도 못하고 잎도 별로 많지 않다. 그러다 보니 후손들이 부족한 먹이 때문에 서로 싸울까 봐 한 개씩만 산란을 하는 게 아닐까 싶다.

알에서 부화한 애벌레들은 줄기만 남기고 잎을 완전히 갉아먹는다. 애벌레의 마지막 시기인 5령이 되면 먹이를 대 주는 것만도 아주 엄청난 일이다. 보는 족족 먹어치우는 그 왕성한 식욕이 무서울 정도다.

배추흰나비의 번데기는 우화 직전에 변덕스런 색깔 변화를 보인다. 처음에는 투명에 가까울 정도의 무색이지만 나중에 우화할 때쯤 되면 검은색으로 변한다. 자세히 들여다보면 번데기 안에 있는 나비의 날개 무늬도 확인할 수 있다.

번데기에서 배추흰나비가 우화하는 모습은 너무나 애처롭다. 크기가 손바닥만큼 큰 홍점알락나비나 산제비나비 등은 우화할 때도 별 어려움 없이 쑥 빠져 나오는데, 배추흰나비는 그 가냘픈 몸을 이끌고 나오는 게 어찌나 힘겨워 보이는지. 끝내 우화를 제대로 하지 못하는 경우도 많다.

우선 번데기의 맨 윗부분에 있는 브이(V)자 모양의 탈피선이 툭 터지면서 나비의 머리가 나온다. 이어서 다리와 날개가 나오는데 마지막에 날개를 빼는 일은 나비들에게는 그야말로 목숨을 건 힘겨운 과정이다. 번데기를 찢고 나올 때 엄청난 에너지가 소모되기 때문에 날개를 뺄 때쯤 되면 나비들에게 남은 힘이 거의 없게 된다. 조금만 더 힘을 내서 나오면 되는데 그 '조금'을 이기지 못하고 그 상태로 날개가 굳어 버린 나비들을 보면 너무나 안타깝다. 이 순간을 위해 여태까지 살아왔는데 마지막 순간에 날개를 제대로 펴지 못해 날 수조차 없다니!

언젠가 우화가 힘겨워 보이는 배추흰나비를 위해 핀셋으로 번데기 껍질(탈피각)을 조금씩 잡아당겨 준 적이 있다. 나의 작은 도움 덕분에 한 마리의 나비가 무사히 우화에 성공하는 걸 보고 있노라니 왠지 눈물이 나올 것처럼 코끝이 찡했다. 내가 아니었으면 번데기에서 나오지도 못한 채 날개가 굳어 버렸을 텐데……. 힘겹게 껍질을 벗고 나와서 마침내 날개를 활짝 펴고 날아간 그 하얀 나비는 날개에 실어 보낸 나의 사랑을 알고 있기나 할까.

높이 나는 나비가 더 멀리 본다
왕오색나비

나비들 중에는 유난히 덩치가 큰 녀석들이 있다. 크기에 대한 기준이 좀 애매하긴 하지만, 아무튼 그런 나비들을 뭉뚱그려서 그냥 대형 나비라고 부른다. 왕오색나비, 산제비나비, 은판나비, 왕은점표범나비 등이 여기에 속한다.

대형 나비들은 날개가 큰 만큼 나는 속도 역시 빠르다. 순식간에 휙 나타났다가 눈 깜짝할 사이에 휙 사라져 버린다. 게다가 또 얼마나 높이 나는지! 포충망이 닿지 않는 높은 곳에서 빠른 속도로 날아다니는 탓에 채집할 방법이 없어 그냥 바라만 보는 경우가 대부분이다.

나는 아직까지 한 번도 왕오색나비를 직접 채집하지 못했다. 하지만 천하제일의 나비 박사인 오빠 역시 마찬가지니까 별로 부끄러워하거나 섭섭해할 일은 아니다. 그래도 언제든 내가 오빠보다 먼저 채집에 성공했으면 하는 마음이 아주 없지는 않다. 나비계의 남매 라이벌! 이가영과 이동재!

사실 전에 아빠와 함께 왕오색나비 채집에 나선 적이 있긴 있었다. 든든한 후원자까지 있으니 이번엔 반드시 성공하리라고 잔뜩 별렀지만 녀석은 너무나 빨랐다. 아빠가 "왕오색나비다!"라고 소리치는 순간에 "나 잡아 봐라!" 하고 약올리는 듯 이미 먼 하늘로 사라지고 있었던 것이다. 날개에 프로펠러를 달았나? 대체 조금 전에 지나간 게 나비인지 제비인지조차 헷갈릴 정도로 빨랐다.

높이 나는 것도 모자라 빠르기까지 하니 왕오색나비의 관찰은 애벌레를 채집하여 사육한 다음 우화한 나비를 방사시킬 때라야 비로소 가능하다. 나야 홀로세에 살고 있으니까 자주 볼 기회가 있지만 공부하러 오는 아이들은 우화 시간을 정확히 맞추지 않으면 그런 기회마저 놓치게 된다.

왕오색나비의 사육은 홍점알락나비, 흑백알락나비와 함께 진행되었다. 3종 모두 팽나무를 먹이식물로 하고 나오는 시기도 비슷하기 때문이다. 이 나비들의 애벌레는 다들 비슷하게 생겨서 자세히 보지

왕오색나비

홍점알락나비 애벌레

흑백알락나비 애벌레

왕오색나비 애벌레

않으면 어떤 게 무슨 애벌레인지 구분하기 어려웠다.

관찰을 통해 알아낸 가장 좋은 구분법은 돌기의 개수! 홍점알락나비 애벌레는 4개의 돌기가 큰 돌기-작은 돌기-큰 돌기-작은 돌기의 순서로 돋아 있고, 흑백알락나비 애벌레는 똑같은 크기의 돌기 3개가 나란히 나 있다. 그리고 왕오색나비 애벌레는 큰 돌기만 4개가 나 있다.

왕오색나비는 성충뿐 아니라 애벌레도 엄청나게 크다. 마지막 단계인 5령이 되면 내 엄지손가락보다도 더 커지는데, 연둣빛을 띤 몸체가 통통함을 넘어 뚱뚱하게 느껴질 정도다. 이 녀석들 역시 홍점알락나비 애벌레와 마찬가지로 헛발을 잎에 붙이고 몸의 앞쪽을 들고 다니는데, 비만에 가까운 무거운 몸을 헛발로 지탱하는 게 아주 힘들어 보이면서도 한편으로는 웃기다.

머리 앞쪽엔 뿔처럼 생긴 돌기가 있는데, 자세히 보면 가시 같은 작은 돌기들이 듬성듬성 나 있다. 평소엔 얼굴이 아래쪽에 감춰져 있지만 위험을 느끼면 머리를 들어올리면서 얼굴을 드러낸다. 왕오색나비 애벌레가 뿔을 들썩거리며 기어다닐 때 아래쪽에 있는 조그만 얼굴이 드러나면 큰 몸집에 어울리지 않게 깜찍한 느낌이 든다.

그런데 이 뚱보 애벌레에서 우화한 나비는 정말 예술이다. 몸집도, 날개도, 심지어는 갈색의 눈까지도 어쩜 그렇게 큼직큼직하고 시원 시원하게 생겼는지……. 검은색, 노란색, 빨간색, 흰색 그리고 보라 색으로 이루어진 오색의 조화는 정말이지 환상이다. 나비계의 얼짱이 라고나 할까! 일본에서는 이 왕오색나비를 나라의 나비로 정했을 정 도라고 한다.

왕오색나비의 아름다움은 햇빛을 받았을 때 한층 더 빛이 난다. 이 름에 '오색'이 들어가는 나비들의 특징인 구조색 때문이다. 햇살 속 에서 반짝거리는 왕오색나비의 눈부신 구조색은 마치 프리즘을 보는 듯한 환상적인 느낌을 자아낸다. 놀라서 벌어진 입을 미처 다물기도 전에 멀리 사라져 버리는 게 흠이긴 하지만.

아빠가 들려주는 생태 상식

나비의 구조색이란?

말 그대로 나비 날개의 물리적 구조 때문에 나타나는 색이다. 날개 표면에 서의 빛의 산란(흩어짐)과 간섭(빛의 파장의 강약 변화)이 색깔 변화의 원 인이다. 산란은 나비 비늘의 표면에 파인 긴 홈이나 겹쳐지는 층 때문에 발 생하고 간섭은 각 층의 거리에 따라 발생하는데, 보는 각도에 따라 거리가 달라지므로 색깔 역시 달라질 수밖에 없다. 황오색나비의 경우 위에서 보 면 황색인 날개가 옆으로 비스듬히 보면 보랏빛이나 오렌지색 혹은 황록색 을 띠게 된다. 이름에 '오색'이 들어가는 나비들(황오색나비, 번개오색나 비, 왕오색나비, 밤오색나비 등)은 모두 구조색을 갖고 있다.

개미와 애벌레의 끈끈한 공생

먹부전나비

식물생태관은 홀로세 생태학교의 손꼽히는 자랑거리다. 횡성 지역에서 자라는 초본류와 관목, 덩굴식물, 수생식물, 습지식물을 생태적으로 분류하여 외형적 특징으로 식물을 구분하고 공부할 수 있게 꾸민 최고의 학습 공간이다. 계절별로 꽃 피는 시기를 조절하여 연중 약 300여 종의 식물들이 살아가는 모습을 자세히 관찰할 수 있다.

하루도 빠짐없이 심고 고치고 다듬은 아빠 엄마의 숨결이 느껴져서 그런지 이 곳에만 오면 마음이 아주 푸근해진다. 속상하고 기분나쁜 일이 있더라도 이 곳의 풀 냄새 꽃 냄새를 맡으면 금세 다 잊어버릴 수 있다. 학교 갔다 돌아오면 꼭 들르는 나만의 쉼터가 바로 식물생태관이다.

그런데 어느 날부터인가 식물생태관의 바위솔이 까닭 없이 죽어 가기 시작했다. 그것도 잎 안쪽부터 서서히 말라 가면서. 아빠와 엄마가 원인을 찾아봤지만 알 수가 없었다. 다른 식물들은 다들 잘 자라고 있는데 유독 바위 사이에 심어 놓은 바위솔만 죽어 가고 있으니 더욱 이상한 일이었다.

그런데 우리 가족이 어떤 가족인가! 집요
한 추적 끝에 마침내 그 이유를 밝혀 냈다.
바위솔 부근을 자세히 살펴보니 개미들
이 이상할 정도로 잔뜩 우글
거리고 있었고, 잎 속에는 짚
신처럼 생긴 작은 벌레가 들
어앉아 있었다. 그 정체는
다름 아닌 먹부전나비의 애벌
레였다.

먹부전나비

　녀석들은 신기하게도 바위솔 잎 전체를 갉아먹지 않고 안쪽 부분
만 파먹는 습관이 있었다. 그래서 나중엔 잎이 껍질만 남은 채 속이
텅 빈 상태로 말라 죽게 되는 것이다. 무슨 대단한 해충도 아니고 겨
우 나비의 애벌레들이 범인이었다니…….

　그런데 개미들은 거기에 왜 있었던 걸까? 그 궁금증은 바위솔 잎에
서 채집한 먹부전나비의 애벌레를 사육하는 과정에서 풀렸다. 개미
와 애벌레는 마치 악어와 악어새처럼 서로 공생 관계에 있었던 것이
다. 개미는 먹부전나비의 애벌레를 보호해 주고 그 대가로 애벌레의
몸에서 나오는 단물을 빨아먹는다. 말로만 듣던 공생을 이 작은 곤충
들에게서 확인하게 될 줄이야! 바위솔의 희생이 전혀 아깝지 않은 재
미있고 신기한 공부였다.

　개미와 먹부전나비 애벌레의 단물로 맺어진 *끈끈한 공생!*

　실은 나도 호기심에 그 단물을 몇 번 먹어 본 적이 있다. 하지만 양
이 너무 적어서 단맛을 느낄 수가 없었다. 새로운 나비 사육의 기회를

주고 많은 것을 가르쳐 준 먹부전나비에게 달콤한 꿀물 한 잔을 대접
하고 싶다.

공생이란?

서로 다른 생물들이 이익을 주고받으며 생활하는 현상을 말한다. 대개 같
은 서식 장소에 살며 행동이 긴밀하게 결합되어 있다. 개미와 진딧물의 공
생, 콩과 뿌리혹박테리아의 공생이 유명하다. 곤충의 경우 개미처럼 집단
을 이루는 사회성 곤충이 보디가드 역할을 하고, 진딧물처럼 상대적으로
힘이 약한 종류들이 먹이를 제공하는 경우가 대부분이다. 그런데 왜 하필
이면 바위솔 주변에서 개미와 먹부전나비 애벌레의 공생이 이루어졌을까?
바위솔은 선인장이나 알로에와 같은 다육식물이라 잎 자체에 많은 수분을
함유하고 있다. 바위솔 잎을 먹는 먹부전나비 애벌레는 필요 없는 과도한
수분을 개미에게 주고 대신 개미에게 보호받고 있었던 것이다.

푸른 띠 뽐내며 푸른 하늘로
청띠신선나비

청띠신선나비는 성충 상태로 겨울을 난다. 그건 각시멧노랑나비나 뿔나비 역시 마찬가지지만 청띠신선나비에게는 그들과 다른 특별한 점이 하나 있다. 다른 종들은 봄에 나왔을 때 날개 색이 볼품 없거나 갈기갈기 찢겨 있는 경우가 대부분이다. 겨울잠에서 깨어나 가뜩이나 힘도 없는 녀석들이 너덜너덜한 날개를 달고 날아다니는 모습은 정말 초라하고 측은해 보인다.

하지만 청띠신선나비는 다르다. 이른 봄에도 여전히 아름다운 색을 뽐내고 있기 때문이다.

청띠신선나비의 날개는 앞뒷면이 전혀 다르다. 검정 바탕에 어두운 물결 무늬가 얽혀 있는 뒷면은 흙이나 나무 껍질과 비슷해서 날개를 접고 있으면 찾아내기조차 힘들다. 어찌나 볼품 없고 우중충한지 한번은 어느 학생이 기껏 청띠신선나비를 채집해 놓고는 이렇게 말한 적도 있었다. "선생님! 이 나비는요, 날개가 다 썩었어요."

그와 달리 앞면은 정말 환상적이다. 다른 나비들처럼 화려한 색을 가지고 있는 것은 아니지만 검정 바탕 위의 선명한 푸른 띠를 보면 감

청띠신선나비 날개 앞면

청띠신선나비 날개 뒷면

탄사가 절로 나온다. 그 띠는 하늘색도 아니고 파란색도 아닌, 아주 밝고 시원한 느낌을 주는 신비로운 색이다.

홀로세 생태학교에 온 아이들과 연못에서 공부를 하다 보면 가끔 청띠신선나비의 모습을 볼 수 있다. 녀석들은 연못에서 정면으로 바라보이는 작은 언덕 위에서 한가로이 햇살을 즐기곤 한다. 하얀 모래 절벽에서 날개를 폈다 접었다 하면 그 모습이 여간 아름다운 게 아니다. 아마 그런 특별한 분위기 덕분에 신선이라는 이름을 갖게 된 건 아닐까?

그 모습에 반해 수업도 잊고 아이들과 함께 청띠신선나비만 바라본 적이 있다. 날개를 펼치면 일제히 "와!", 접었다가 또 펼치면 다시 "우아!" 그 날 공부는 그걸로 끝이었다.

청띠신선나비의 애벌레는 붉은색 바탕에 흰색의 돌기들이 마구 뻗쳐 나와 있다. 그 돌기는 가시나무처럼 날카롭고 뾰족하게 생겼는데, 흔히들 뿔이라고 부르곤 한다. 하지만 실제로 만져 보면 하나도 날카롭지 않다. 이것도 천적으로부터 자신을 보호하는 방법 중 하나일 것이다.

　언젠가 아주 어렵게 청띠
신선나비 애벌레 2마리를 채
집해 키운 적이 있다. 첫 사육이라
매우 애지중지하면서 키웠는데 어느 날 갑
자기 그 중 한 마리의 몸에서 정체불명의 벌레들이 꾸
물꾸물 기어 나왔다. 그리고 애벌레는 더 이상 움직이지 못한
채 쪼그라들어 버렸다. 가엾게도 그만 기생을 당하고 만 것이다.
이제 탈피를 한 번만 더하면 번데기가 되는 종령이었는데.

　나비를 사육할 때는 거미나 개구리 같은 천적들이 늘 골칫거리다.
놈들은 주로 그물망의 구멍을 통해서 UFO나비집으로 들어온다. 그
놈들을 막아 보려고 망을 이중으로 쳐 봤지만 그렇게 해도 어떻게든
들어오는 놈들이 있다. 아이들이 관찰하러 들어올 때 딸려 들어오기
도 하고, 망의 조그만 구멍으로 들어오기도 한다. UFO나비집 안에
있는 나비들이 물을 먹을 수 있도록 산에서 내려오는 물을 나비집 안
쪽으로 연결해 놓았는데, 그 물길을 따라 개구리가 들어온 적도 있었
다.

　하지만 가장 무서운 천적은 기생벌이다. 애벌레들 중에는 그물망
이나 하우스 파이프에 번데기를 트는 녀석들이 많은데, 기생벌들은
UFO나비집 바깥에서 기다란 산란관을 찔러 넣어 번데기에 산란을
한다. 그러면 번데기의 몸 속에서는 나비 대신 기생벌이 자라나게 된
다. 예쁜 나비가 나와야 할 번데기에 구멍이 뚫리며 기생벌 애벌레들
이 기어 나올 때의 끔찍함과 허탈감이란……

청띠신선나비 애벌레

　나는 아직 무사한 청띠신선나비의 애벌레를 기생의 위험이 없는 아크릴 케이지로 옮겨 주었다. 아깝게 한 마리를 잃은 상태에서 나머지 한 마리마저 기생벌에게 또 잃을 수 없었다. 청띠신선나비는 나의 정성 어린 보살핌 끝에 무사히 우화에 성공했고, 푸른 띠를 뽐내며 하늘로 날아오를 수 있었다.

아빠가 들려주는 나비 상식

나비의 분류

지구상에 존재하는 나비의 종류는 약 2만여 종이다. 그 중 한국에서는 호랑나비과, 흰나비과, 부전나비과, 뿔나비과, 왕나비과, 네발나비과, 뱀눈나비과, 팔랑나비과 등 8과 251종을 볼 수 있다.

이렇게 다양한 나비들을 외형적으로 분류하는 가장 기본적인 열쇠는 날개의 색깔이다. 나비의 날개는 기왓장 모양으로 질서정연하게 배열된 인편(비늘 가루)으로 덮여 있으며, 그 배열과 색상에 따라 종을 구별하게 된다. 색소 가루인 인편에는 비가 올 때 날개가 젖지 않게 방수 역할을 하는 기름 성분이 포함되어 있다. 또 몸의 열을 빼앗기지 않도록 도와 주는 보온 기능도 갖고 있다.

나비와 나방

인편은 나비뿐 아니라 나방에게도 있다. 나비와 나방은 다 같이 곤충강 나비목에 속한다. 나비목을 뜻하는 'Lepidoptera'는 Lepidos(인편)와 pteros(날개)의 합성어. 즉, 나비목은 인편이 있는 날개를 가진 곤충들을 총칭하는 말이다.

나비와 나방을 구분하는 가장 빠른 방법은 더듬이를 보는 것이다. 나비는 더듬이 끝부분이 곤봉 모양이거나 기역(ㄱ)자 모양이고 나방은 빗살이나 일자 모양이므로 쉽게 구분할 수 있다.

또 나방은 앞뒷날개를 연결하는 장치인 날개걸이가 따로 있어서 나비보다 비행력이 훨씬 더 좋다. 나비는 앉아 있을 때 날개를 접지만 나방은 날개를 펼친 채 앉는다.

나비는 모두 주행성이지만 대부분의 나방은 야행성이다. 북한에서 나방을 '밤나비'라고 부르는 것도 그런 이유에서다. 하지만 나방 중에도 낮에 활동하는 종이 있으므로 구분이 어려울 땐 반드시 더듬이를 확인해 봐야 한다. 나방의 종류는 세계적으로 약 20만 종이며 우리나라엔 1,500여 종이 있다.

나비의 산란

곤충은 짝짓기 후에 산란을 하는데, 동시에 많은 알을 산란하는 곤충은 완성된 알을 난소소관의 자루에 보관하고 있다가 필요할 때마다 알을 낳는다. 적당한 시기에 적당한 장소에 산란해야 하며 산란된 알은 건조한 환경이나 천적으로부터 보호받을 수 있어야 한다.

알에서 부화한 대부분의 애벌레는 이동을 잘 못하므로 먹이식물로부터 최대한 가까운 곳에 알을 낳아야 한다. 나비는 종에 따라 먹이의 종류가 한정되어 있기 때문에 산란 장소를 선택하는 일은 종족보존 그 자체라고 해도 과언이 아니다.

산란 장소를 선택할 때는 대부분 시각이나 냄새로 결정한다. 배추흰나비는 초록색에 이끌리거나 십자화과 식물의 특징적 화합물인 시니그린(sinigrin)의 냄새에 자극받아 산란하는 것으로 알려져 있다. 그러나 최종적으로 산란 여부를 확정짓는 수단은 접촉이다. 나비 암컷들은 앞다리 끝부분(부절)에 수컷보다 더 많은 수의 접촉 화학 수용기를 갖고 있어서 이곳 저곳을 접촉하며 확실하게 산란 장소를 선택할 수 있다.

나비의 한살이

곤충들은 부화 뒤에 일련의 탈피 과정을 거쳐 어른벌레가 되므로 다른 동물들과는 발육 과정이 전혀 다르다. 뼈가 안에 있고 살이 붙어 가는 발육이 아니라, 더 이상 커지지 않는 단단한 표피층(외골격)을 부수고 새로운 옷을 입는 환골탈태의 과정을 거쳐야 한다.

애벌레에서 애벌레로 크기는 커지지만 형태와 생리면에서 큰 차이가 없는 경우를 탈피라 하고, 애벌레와 어른벌레의 구조와 기능에 큰 차이가 생기는 현상을 '변태'라 한다. 애벌레와 어른벌레 사이에 번데기 단계가 있어서 큰 변화가 따르는 경우를 '완전변태'라 하고, 번데기 과정이 없이 알 → 애벌레 → 어른벌레로 변해 가는 것을 '불완전변태'라 한다. 모든 나비들은 완전변태를 하며, 주변의 환경에 맞춰 발육 시기와 정도를 조절하는 뛰어난 적응력을 갖고 있다.

곤충의 애벌레와 어른벌레는 기능과 행동이 전혀 다르다. 애벌레는 섭식과 생장에 주력하지만 날개가 발달한 어른벌레는 생식과 분산에 주력하게 된다. 곤충의 일생 중 대부분이 애벌레 시절이며, 어른벌레의 수명은 매우 짧고 먹이도 거의 먹지 않는다. 이미 애벌레 시절에 충분한 영양분을 축적해 두었기 때문이다. 애벌레와 어른벌레의 서식 장소가 달라지는 것도 그런 이유에서다.

다양한 번데기

번데기 단계는 먹지도 않고 배설도 하지 않으므로 겉으로는 변화가 없는 것처럼 보이지만 내부적으로는 가장 변화가 심한 시기이다. 애벌레 때 가지고 있던 기관이 퇴화하고 어른벌레가 가질 기관들이 급속하게 분화된다. 번데기는 이동과 방어의 수단이 없기 때문에 번데기가 될 때 천적에게 노출되지 않도록 땅 속이나 돌 밑 같은 곳으로 숨어들거나 고치를 만드는 곤충들이 많다. 번데기의 형태는 다음과 같이 3가지로 나뉜다.

- **벗은 번데기(나용)** : 더듬이, 날개, 다리 등 부속지들이 몸 안에 있지 않고 밖으로 드러나 있는 번데기. 딱정벌레목, 벌목, 풀잠자리목에서 볼 수 있다.
- **입은 번데기(피용)** : 부속지들이 몸 안에 고착되어 자유롭지 못한 형태의 번데기. 대부분의 나비목, 딱정벌레목의 잎벌레류, 파리목의 일부 모기류에서 볼 수 있다. 입은 번데기 중에는 호랑나비과나 흰나비과에서 볼 수 있는 대용(몸 중앙에 실을 두른 번데기)과 네발나비과에서 볼 수 있는 수용(잎이나 가지에 거꾸로 매달린 번데기)이 있다.
- **통 모양 번데기(위용)** : 다 자란 애벌레의 헌 껍질이 굳어져서 통 모양을 하고 있는 번데기. 대부분의 파리류에서 볼 수 있다.

나비의 우화

불완전변태류의 마지막 유충이나 완전변태류의 번데기가 껍질을 벗어 날개를 달고 어른벌레가 되는 과정을 우화라고 한다. 유충 탈피 때와 마찬가지로 탈피 호르몬에 의해 조절되어 표피층을 깨고 나오는데, 공기를 흡입하여 몸을 부풀려 복부 근육을 수축하고 몸 앞쪽의 혈압을 높인다. 번데기 형태의 나비목 곤충은 번데기 입이 막혀 있으므로 번데기 양쪽 측면에 조그맣게 뚫려 있는 구멍(기문)으로 공기를 흡입한다.

어른벌레로 탈출한 뒤엔 혈림프를 날개맥(날개 속의 빈 관)으로 펌프질하여 구겨져 있던 날개를 펴는 작업을 한다.

꼬깃꼬깃 접혀 있던 날개맥에 혈림프가 들어가면서 천천히 펴지기 시작하며, 종류에 따라 날개 건조 시간이 틀리지만 대략 30분에서 2시간까지 걸린다. 전혀 움직이지 못하는 위험한 시간이므로 천적의 눈에 잘 띄지 않는 초저녁 혹은 새벽이나 오전을 주로 택한다. 대부분의 종들이 식물에 매달려 날개를 펼치는데, 이는 중력의 도움을 받기 위한 방법이다.

두 번째 이야기
홀로세의 사계

희망의 꽃나무 진달래

봄이 되면 우리나라 어디를 가나 쉽게 만날 수 있는 꽃이 진달래다. 온 산을 붉게 물들이는 진달래. 그래서 진달래를 표현할 때 "산이 탄다"는 말을 쓰는가 보다. 이 곳 홀로세에서도 봄이 되면 진달래가 사방에서 붉게 타오른다.

하지만 그 꽃들이 처음부터 그렇게 피어났던 건 아니다. 생태학교의 역사상 가장 힘든 일을 겪고 난 뒤에 우리 가족들이 심어 놓은 것이다.

1998년 여름, 온 나라에 엄청난 폭우가 쏟아졌다. 하루, 이틀, 사흘, 나흘……. 하늘에 구멍이라도 난 듯 쏟아지는 비로 인해 계곡의 물이 넘쳐흘렀다. 우리 가족말고는 아무도 없는 깊은 산속에서 비 오는 밤은 두려움 그 자체였다. 지붕을 때리는 세찬 빗줄기와 계곡으로 쏟아지는 무시무시한 물줄기가 집을 당장이라도 집어삼킬 것만 같았다.

그 해 여름의 폭우는 다른 해보다 훨씬 큰 충격을 주었다. 지리산에서 야영객 60여 명이 사망하고 20여 명이 실종되는 끔찍한 사건이 일어난 것이다. 전국에서 죽거나 실종된 사람의 숫자가 무려 350여 명!

홀로세 역시 그 수해의 무서운 손길로부터 벗어날 수 없었다.

나무 하나 풀 한 포기까지 소중하게 여기는 아빠는 사람이 만든 공간으로 인해 곤충이나 식물이 살아 나갈 터전을 잃어서는 절대 안 된다고 늘 말씀하셨다. 그래서 생태학교를 만들 때도 자연 상태를 최대한 유지하면서 꼭 필요한 시설만을 만들기 위해 고심했지만, 그래도 터를 잡으려면 어쩔 수 없이 땅의 모양을 약간 바꿔야 했다. 그로 인해 약해진 땅의 표면이 아직 완전하게 자리를 잡지 못한 불안한 상태에서 그만 폭우가 쏟아지고 말았던 것이다.

나흘째 되던 날 생태학교 위쪽의 제방이 무너질까 봐 불안해하던 엄마와 아빠는 결국 비옷을 입고 삽을 들었다. 두 분이 무지막지한 빗줄기 속으로 막 뛰어나가는 순간, 우르릉 쾅쾅! 흙 제방이 마치 지진이 난 것처럼 쫙 갈라지더니 마구 허물어지기 시작했다.

제방이 무너지는 걸 막기 위해 물길을 내야 했던 아빠와 엄마는 죽을 힘을 다해 삽질을 했다. 위험하다며 절대 밖으로 나오지 말라는 말에 오빠와 나는 집 안에서 발을 동동 구르며 내다보는 수밖에 없었다. 밥도 굶은 채 무려 20여 시간을 폭우와 싸우던 엄마와 아빠는 결국 더 이상 버틸 힘이 없어졌다. 그저 눈앞에서 벌어지는 혹독한 재앙을 멍하니 바라보는 수밖에.

결과는 끔찍했다. 제방은 형체도 없이 깡그리 무너져 내렸고, 방갈로는 쓸려 내려온 흙더미에 묻혀 고개만 삐쭉 내밀고 있었다. 나비, 반딧불이, 잠자리 등 곤충의 서식지로 만든 피라밋케이지는 바닥의 흙이 내려앉아 아예 반 이상이 허공에 떠 있을 정도였다.

폐허가 되어 버린 홀로세! 아빠는 크게 낙심했다. 어떤 어려움 앞

에서도 웃음을 잃지 않던 엄마마저 이번에는 좀처럼 일어설 엄두를
내지 못했다. 집은 절간처럼 무겁게 가라앉았고, 오빠와 난 한동안
밤이 되는 걸 무서워했다. 기억이 좀 흐릿해지긴 했지만, 그 때 우리
가족이 충격에서 벗어나기까지는 꽤 많은 시간이 걸렸던 것 같다.

여름이 물러가기 시작할 무렵, 우리 가족은 수해 복구를 위한 공사
를 시작했다. 무너진 제방을 다시 걷어올린 우리는 그 곳에 진달래를
심기로 했다. 벌거벗은 흙 제방 위에 뿌리가 튼실한 진달래를 심어 다
시는 무너지지 않게 하기 위해서였다. 그 꽃들이 피어나면 흡밀할 식
물이 흔치 않은 이른 봄에 나오는 애호랑나비의 훌륭한 먹이가 될 수
도 있을 것이었다.

진달래를 캐기 위해 우리는 근처의 산을 아침마다 샅샅이 훑었다.
나중엔 산에 올라가서는 말할 것도 없고 차를 타고 지나가면서도 진달
래를 척척 골라낼 수 있을 정도로 온 식구들이 진달래 전문가가 됐다.
그 가을에 우리가 캐다가 옮겨 심은 진달래는 수백 그루가 넘었다.

나무심기 또한 캐는 일 못지 않은 중노동이었다. 당시에는 도와 주
는 사람도 없어서 우리 가족 4명이 이 모든 일을 다 해야 했다. 가장
힘든 삽질은 아빠 몫이었고, 엄마는 가지치기를 맡았다. 진달래를 옮
겨 심은 뒤에도 아무 탈없이 자라도록 하려면 가지치기가 반드시 필
요하기 때문이다. 오빠는 서툰 솜씨로 아빠를 도왔고, 나는 무럭무럭
잘 자라라고 물 주는 일을 맡았다.

아빠는 또한 교육 담당이기도 했다. 가지를 칠 때는 뿌리를 생각해
야 하고, 가지가 뻗어 나간 만큼 뿌리가 퍼진 것이니 뿌리와 가지를
같은 넓이로 하고, 공기가 통하면 뿌리가 썩을 수 있으니 땅 구덩이에

물이 완전히 차 올라 공기 구멍을 막을 때까지 물을 주어야 하고……. 작업 시간 내내 아빠의 식물생태학 강의가 쉬지 않고 이어졌다. 그렇게 꼬박 한 달을 온 가족이 진달래에 매달렸다.

이듬해 봄, 홀로세 전체가 거대한 분홍빛 물결에 아름답게 출렁였다. 진달래가 뿌리를 내린 제방은 장마철의 폭우에도 끄떡없었고, 귀하디 귀한 애호랑나비가 진달래 동산으로 찾아오는 기적 같은 일도 생겼다. 슬픔을 딛고 피어난 희망의 꽃나무들! 지금도 홀로세의 봄은 늘 진달래의 화려한 꽃사태와 함께 시작된다.

아빠가 들려주는 생태 상식

진달래와 나비

1천 그루가 훨씬 넘는 홀로세의 진달래는 곤충들에게도 특별한 의미를 갖는다. 진달래나 철쭉이 필 무렵이 되면 그 꿀을 먹기 위해 거의 10개월 간 번데기 상태로 있던 애호랑나비가 날개를 달고 나온다. 겨울 내내 성충으로 월동하던 각시멧노랑나비나 네발나비 등 기력이 다한 곤충들에게도 이른 봄에 제일 먼저 피는 진달래는 없어서는 안 될 에너지원이다. 참고로, 진달래는 산성의 척박한 토양에서 더 잘 자란다. 진달래나 철쭉을 바위 사이에 주로 심는 것도 바위 근처의 토양이 산성이기 때문이다.

진달래와 철쭉을 어떻게 구분할까? 진달래의 잎은 뾰족한 타원형이며 광택이 있고, 철쭉은 잎이 넓고 달걀 모양이다. 또 철쭉의 잎 뒷면은 앞면과 달리 연두색이며 털이 많이 나 있다. 진달래는 꽃이 핀 후에 잎이 나오고, 철쭉은 잎이 난 후에 꽃이 피기도 하지만 대부분은 잎과 꽃이 거의 동시에 나온다. 예로부터 진달래는 먹을 수 있는 꽃이라서 참꽃, 철쭉은 못 먹기 때문에 개꽃이라 불렀다. 철쭉을 못 먹는 건 꽃에 로독신이라는 독성 물질이 있기 때문이다.

도롱뇽을 살리다

봄이 되면 홀로세에서는 기다란 모양의 투명한 도롱뇽 알을 쉽게 관찰할 수 있다. 깨끗하게 고인 물이 있으면 그 곳엔 거의 도롱뇽 알이 있다고 보아도 좋다. 특히 산에서 내려오는 작은 도랑이 모여 웅덩이를 이루는 곳이면 틀림없다.

개구리 알과 달리 도롱뇽 알은 수온이 따뜻한 곳에서는 볼 수 없다. 알이 제대로 부화하려면 물이 조금씩이라도 계속 흘러 차가운 온도가 유지되어야 한다. 산에서 흘러내리는 물이 모이도록 해 놓은 풍뎅이 박물관 옆의 얕은 웅덩이, 그랜드피라밋 옆에 습지의 물이 모이는 연못 등은 매년 봄마다 도롱뇽 알이 빽빽하게 들어차는 대표적인 장소들이다.

도롱뇽 알은 우무질 속에 싸여 있는데, 우무질은 알을 보호하기 위한 물질로 젤리처럼 물렁물렁하며 반투명하다. 언뜻 보기에는 알들이 그냥 무질서하게 흩어져 있는 것 같지만 자세히 보면 칸막이처럼 나뉜 상태에서 두 줄로 질서정연하게 줄지어 있음을 알게 된다. 똑같이 우무질에 싸여 있어도 개구리 알은 만지다 보면 뚝뚝 끊어지면서 분리되지만 도롱뇽 알은 절대 끊어지지 않고 계속 길쭉한 형태를 유지한다.

가끔은 이미 부화한 도롱뇽이 알과 함께 채집되기도 하는데, 다른 양서류들과 달리 길쭉한 꼬리가 있는 게 처음엔 몹시 이상하게 생각됐다. 도롱뇽이 꼬리가 있는 유미목에 속하는 대표적인 종이라는 아빠의 설명 덕분에 곧바로 의문이 풀리긴 했지만.

봄에 아이들과 함께 수서곤충을 채집하기 위해 장화를 신고 계곡으로 가면 곳곳에서 도롱뇽 알이 쉽게 발견된다. 지난 봄에 산 바로 옆에 있는 작은 웅덩이에서 발견한 도롱뇽 알은 부화할 때가 다 되었는지 이미 투명한 알 속에 형태를 갖춘 도롱뇽이 보였다. 아이들은 알 속의 도롱뇽이 너무 신기하다며 직접 만져 보겠다고 아우성이었다. 하도 조르길래 알을 물 속에서 꺼내 손에 쥐어 주었지만 표면이 미끌미끌하여 손아귀에서 쏙쏙 빠져나갔다.

도롱뇽 알을 본 아이들은 대부분 집에 가져다가 키우고 싶어한다. 한번은 수서곤충 채집을 나간 아이들이 도롱뇽 알에 더 큰 관심을 보이는 바람에 아예 즉석에서 채집 대상을 양서류로 바꾼 적도 있었다.

알보다 더 인기가 좋은 건 갓 부화한 도롱뇽이다. 사람 손처럼 생긴 도롱뇽의 발이 너무너무 귀엽다며 자지러지는 아이들도 많다.

어느 해 봄, 카메라를 들고 찍을 만한 게 없나 이리저리 돌

도롱뇽

아다닐 때였다. 흙바닥 위에서 죽어 가고 있는 도롱뇽 한 마리가 눈에 띄었다. 매끄럽고 촉촉해야 할 피부는 심하게 말라서 곧 갈라질 것만 같았고, 몸뚱이는 온통 흙으로 범벅이 된 상태였다. 힘없이 널브러져 있어서 그런지 가뜩이나 튀어나온 눈이 더 튀어나와 보였다.

나는 녀석을 얕은 물가에 조심스럽게 옮겨 놓은 다음 가만히 지켜보았다. 5분, 10분……. 결국 저렇게 죽고 마는가 싶은 생각에 코끝이 찡해지더니 눈물이 나려 했다. 그 때 다시는 움직일 것 같지 않던 녀석의 몸이 거짓말처럼 꿈틀거리기 시작했다. 그러더니 이내 꼬리를 휘저으며 물 속으로 포르르 헤엄쳐 갔다. 내 작은 친절이 죽을 뻔한 도롱뇽을 다시 살린 것이다.

아차! 하고 카메라가 생각난 건 녀석이 눈앞에서 완전히 사라진 후였다. 사진이라도 한 장 찍어 놓을 걸 그랬다는 생각이 뒤늦게 머리를 스쳤지만 상관없었다. 눈에 담고 기억에도 담았는데 그깟 사진쯤이야! 내 손으로 한 생명을 구했다는 생각에 이 날은 하루 종일 마음이 뿌듯했다.

아빠가 들려주는 생태 상식

도롱뇽 알이 몸에 좋다?

도롱뇽은 물에서도 살고 뭍에서도 사는 양서류에 속한다. 양서류는 도롱뇽처럼 꼬리가 있는 '유미목'과 개구리나 맹꽁이처럼 꼬리가 없는 '무미목'으로 나뉜다. 덩어리를 이루는 개구리 알이나 두 줄로 길게 늘어선 두꺼비 알과는 달리 도롱뇽은 젤리 같은 우무질로 긴 띠를 만들어 그 안에 알을 낳으며, 깨끗한 물에서만 산란을 한다. 알이 들어 있는 띠는 끈적끈적해서 흐르는 물에서도 쉽게 떠내려가지 않는다. 도롱뇽의 알집을 먹으면 몸에 좋다는 말이 있으나 전혀 근거가 없고 오히려 위험하다고 한다.

뽕잎 먹고 무럭무럭, 누에나방

명주실의 원료, 고소한 맛으로 입맛을 즐겁게 해 주는 번데기, 당뇨병에 좋은 약……. 예로부터 우리 생활 속에서 요모조모로 이용되고 있는 곤충인 누에나방을 1만 마리 이상 대량 사육할 기회가 드디어 나에게 왔다. 아빠가 누에나방을 키우기 위해 면사무소에 구입 신청을 하신 것이다. 곤충에 관한 모든 정보들이 누에나방으로부터 시작되므로 녀석들을 대량 사육하면서 그 생태를 제대로 파악해 봐야 한다는 게 아빠의 생각이었다.

누에나방의 한살이를 배운다는 건 꽤나 가슴 설레는 일이었다. 명주실은 어떻게 뽑아 내는 걸까? 우리가 먹는 번데기는 언제 생기는 걸까? 또 누에가루는 어떻게 만드는 걸까? 나는 온갖 궁금증을 손으로 꼽아 가며 누에나방과의 첫 만남을 기다렸다.

녀석들이 처음 도착했을 때는 알과 막 부화한 애벌레들이 함께 섞여 있는 상태였다. 나는 깨알처럼 작은 1령 애벌레들을 위해 최대한 여린 뽕나무 잎을 구한 뒤 잘게 잘라 주었다. 워낙 크기가 작다 보니 먹는 양도 매우 적었고, 똥도 싸는 건지 마는 건지 티도 나지 않았다.

먹이 주는 일과 배설물 치우는 일도 하루 한 번이면 충분했다.

그런데 애벌레들이 거의 다 부화하자 먹는 양이 차츰 늘어나더니 급기야 먹이와 배설물이 엄청나게 증가하기 시작했다. 혼자서 먹이를 주고 똥을 치우는 데만 꼬박 반나절! 졸지에 애벌레들의 보모가 된 셈이었지만 그건 후에 일어난 일에 비하면 아무것도 아니었다.

누에는 4번의 잠을 자면서 종령으로 성장한다. 이 때쯤 되면 애벌레들의 먹이를 대고 배설물을 치우는 일은 감당하기 힘든 중노동이 되어 버린다. 녀석들의 엄청난 식욕은 뽕잎 갉아먹는 소리만 들어도 알 수 있는데, 누에나방을 키우는 잠실에 들어가면 사방에서 들려오는 사각사각 소리가 마치 장마철의 빗소리처럼 느껴질 정도였다.

게다가 먹는 속도는 왜 그리도 빠른지! 한쪽 먹이를 갈아 주고 다른 쪽으로 돌아 마지막까지 먹이를 주고 나면 먼저 갈아 준 뽕잎은 어느새 가지만 달랑 남아 있었다. 그리고 옆에서는 애벌레들이 어서 먹이를 더 달라는 듯 고개를 곧추세우고 있었다. 순식간에 사라져 버리는 뽕잎을 볼 때마다 내 입에서는 한숨이 절로 새어나왔다. 원래 종령 때는 에너지가 많이 필요해서 많이 먹게 마련이지만, 누에나방 애벌레들은 뱃속에 거지라도 있는지 미친 듯이 먹어 대곤 했다.

괴로운 건 나뿐만이 아니었다. 아빠는 뽕잎을 따 오느라 밤낮으로 정신이 없었고, 엄마와 나는 먹이 주고 배설물 치우는 일로 하루 해를 다 보내야 했다. 얼마나 힘들고 지쳤는지 나중엔 엄마가 "일부만 남기고 그냥 뽕나무 밑에 버리자"고 하소연할 정도였다.

힘들지만 즐거움도 있었는데, 그건 애벌레와 노는 일이었다. 누에나방 애벌레의 귀여움은 3령쯤 되었을 때가 최고다. 하얀 몸통, 진짜

누에나방 애벌레

보다 더 진짜 같은 가짜 눈, 그리고 꾸물대는 다리…… 정말 밤마다 껴안고 자고 싶을 정도였다. 겉이 뽀송뽀송하고 솜처럼 폭신한데다 부드럽기까지 해서 베개로 삼으면 딱 좋을 듯싶었다. 그 귀여운 모습을 매일 보고 싶은 마음에 몇 마리를 따로 방에서 키우기도 했다.

애벌레가 종령이 되면 고치틀을 놓아 주어야 한다. 그러면 녀석들이 네모난 칸 안으로 들어가 하얀 실을 뽑아 내면서 타원형의 고치를 튼다. 마치 약속이라도 한 것처럼 한 칸에 한 마리씩만 들어가 질서정연하게 고치를 트는 모습이 너무도 신기했다.

처음에 말랑말랑하던 고치는 시간이 지나면서 차츰 딱딱하게 굳어 간다. 그리고 애벌레는 그 안에 번데기를 만들게 된다. 명주실은 바로 이 고치에서 빼내 만드는 것이고, 우리가 즐겨 먹는 번데기 역시 이 고치 속에서 나오는 것이다. 고치를 틀기 직전의 종령 애벌레가 당뇨병에 좋은 누에가루의 원료가 된다는 것도 새로이 알게 되었다.

사람에 의해 사육되는 누에나방과 달리 자연 상태에서 생활하는 멧누에나방은 뽕나무 잎에서 가끔씩 발견되곤 한다. 어느 날 산뽕나무에서 멧누에나방의 애벌레 1개체를 채집했는데, 사육한 지 며칠 되지 않아 곧바로 번데기를 틀었다. 번데기에서 우화한 멧누에나방은 암컷이었다.

그런데 우화 첫날 아주 신기한 일이 벌어졌다. 암컷 멧누에나방이 있는 케이지 주변에 평소엔 전혀 관찰할 수 없었던 수컷 멧누에나방들이 새까맣게 모여든 것이다. 그것도 자그마치 15개체씩이나! 녀석들은 암컷이 내뿜은 페로몬에 이끌려 이 먼 곳까지 찾아온 게 분명했다. 곤충들 사이의 의사소통 수단인 페로몬의 위력이 이렇게 대단할 줄이야!

　더더욱 신기했던 건, 암컷이 버젓이 살아 있는데도 불구하고 둘째 날부터는 수컷들이 모여들지 않았다는 점이다. 다음 날도, 또 그 다음 날도 마찬가지였다. 수컷들이 모여든 건 암컷이 우화했던 이 날 하루뿐이었던 것이다. 페로몬에도 유효 기간이 있는 걸까? 아니면 어디선가 풍겨 오는 또 다른 암컷의 페로몬을 느꼈던 걸까? 허공을 떠다니는 곤충들의 페로몬 속엔 대체 얼마나 많은 정보와 신호들이 숨어 있는지!

　소리도 없고 눈에 보이지도 않는 곤충들 사이의 교감. 나는 한편으로는 그 오묘한 생태에 감탄했고, 또 한편으로는 암컷 멧누에나방의 몰락을 슬퍼했다. 겨우 하루 만에 퀸카 자리에서 밀려나다니!

멧누에나방　　　　　　　　　　　누에나방

꽃으로 환생한 버들이

왕복 10리의 학교길을 함께 다니던 오빠가 중학교에 간 뒤부터 난 혼자가 되어 버렸다. 아침엔 엄마나 아빠가 학교까지 태워 주지만, 방과후엔 혼자서 그 먼 길을 걸어와야만 했다. 오면가면 얘기를 나눌 사람도 없고 함께 놀 사람도 없으니 집까지 가는 길이 더욱 길게만 느껴졌다.

혼자 집으로 갈 때면 나는 늘 고개를 푹 숙이고 발만 보며 걷곤 했다. 봄이 되어 땅이 질척하게 녹으면 신발에 진흙이 달라붙어서 걷기가 두 배로 힘들었다. 정말 이렇게 1년을 보내야 되는지 막막해할 무렵에 나타난 나의 소중한 길동무 버들이!

버들이는 동네 이장님 댁에서 가져온 한국 토착종 발바리였다. 녀석은 마치 친구처럼, 혹은 보디가드처럼 나의 학교길을 졸졸 쫓아다녔다.

그 때 우리 집에는 버들이말고도 6마리의 개가 함께 살고 있었다. 식물 이름인 다래와 머루와 앵초, 반딧불이를 줄인 반디, 하늘소에서 이름을 따온 하늘이, 그리고 한국 특산종 민물고기인 쉬리…… 다들 자연물에서 따온 이름들이었다. 버들이라는 이름은 1급수 민물에서만 사는 버들치에서 따왔는데, 홀로세 주변의 계곡에서 언제나 관찰할 수 있는 민물고기였다. 버들이는 그 7마리의 개들 중에서 내가 가장 예뻐했고 나와의 추억 또한 제일 많았던 녀석이다.

제일 속상했던 건 녀석이 덫에 걸렸을 때이다. 유난히도 비가 많이 오는 날이었는데, 이상하게 버들이가 보이지 않았다. 당시 녀석이 여자 친구를 사귀느라 집에 안 들어오는 날이 많긴 했지만 그래도 비가 쏟아지는 날엔 꼭 툇마루 밑에 엎드려 있곤 했는데……. 왠지 모르게 불길한 예감이 들었다.

계속 바깥을 내다보며 안절부절못하다가 결국 참지 못하고 아빠께 말씀 드렸다. 그런데 아빠와 함께 마루에서 술을 드시던 옆집 아저씨가 이상한 말씀을 하시는 거였다.

"어? 저 위에 덫을 놨는데 거기 걸린 건 아닌가 모르겠네."

말이 떨어지기 무섭게 아빠와 오빠가 덫이 있는 곳으로 달려 갔다. 버들이가 덫에 앞발이 걸린 채 고통스럽게 신음을 하고 있는 게 아닌가! 세상에 이런 어이없는 일이!

발이 깊게 패인 데다 하루 종일 비까지 맞은 탓에 버들이는 상태가 아주 심각했다. 집으로 데리고 와서 따뜻한 물을 먹이고 상처가 난 발을 치료해 주고 젖은 털을 말려 주자 비로소 조금씩 기운을 차리는 듯했다. 하지만 바깥으로 내보내기엔 여전히 마음이 놓이지 않아 그 날 밤엔 내 방에서 버들이를 데리고 잤다. 얼마나 아팠을까! 옆집 아저씨가 미워서 꼬집어 주고 싶을 정도였다.

하지만 그 아저씨는 미안해하기는커녕 오히려 우릴 이해할 수 없다는 표정이었다. 하찮은 강아지 한 마리 다쳤다고 웬 호들갑이냐는 듯이. 나는 덫보다도 그 점이 더 못마땅했다. 아무리 말 못 하는 짐승이라고 해도 하나의 생명이 갖고 있는 가치에 어떻게 위아래가 있을 수 있다는 건지.

그런데 정작 황당한 건 버들이였다. 분명히 상처가 다 나았음에도 불구하고, 말썽을 피워 혼내려고 하면 갑자기 발을 절뚝거리며 아픈 척하는 것이었다. 아, 똘똘한 놈!

버들이의 똘똘함은 정말로 상상을 초월했다. 세상에 이런 개가 있을까 싶을 정도였다. 혹시 노래 부르는 개를 본 적이 있는지? 학교 음악 시간에 뒤뜰에서 야외 수업을 했는데, 선생님이 리코더를 연주하며 노래를 하라고 하셨다. 아이들과 함께 노래를 하는데 갑자기 버들이가 연주 소리에 맞춰 고개를 하늘로 치켜들고 오, 오, 우 하면서 노래를 부르는 거였다. 세상에, 풍월을 읊는 서당개의 환생이 아니고서야 어찌 이런 일이!

그뿐만이 아니다. 더운 여름날 채집을 나갈 때 따라 나왔다가 달궈진 발바닥을 식히기 위해 냇물에 가서 첨벙거리는 모습, 노래를 불러 주면 박자에 맞춰서 소리를 내는 모습, 신나게 뛰어놀다가도 우는 아이가 있으면 갑자기 그 아이 옆에 앉아 눈물이 그렁그렁해지는 모습 등등……. 도저히 '개'라는 생각이 들지 않을 만큼 특별하고 똘똘한 녀석이었다.

이런 버들이가 가장 고마웠을 때는 6학년 시절이었다. 아침에 엄마가 나를 차로 학교까지 태워 주면 그 작은 발로 차를 좇아 학교까지 따라왔다. 내가 수업을 받는 동안 운동장에서 놀다가 점심 시간엔 같이 밥을 먹고, 수업이 끝나면 함께 집으로 걸어오곤 했다. 어쩌다 아침에 따라오지 않은 날은 오후에 어김없이 마중을 나왔고, 내가 며칠 동안 야영을 갔을 때는 매일 저녁때까지 학교 앞에서 내가 나오기를 기다렸다고 한다. 그 말을 듣는 순간 나도 모르게 눈에서 눈물이 왈칵!

버들이는 내게 개 이상의 의미를 지니고 있는 녀석이다. 말로 이야기를 나누지는 못하지만 언제나 내 마음을 읽는 것만 같았던 소중한 친구 버들이. 그 녀석 덕분에 나는 혼자 학교를 다니던 1년을 전혀 외롭지 않게 보낼 수 있었다.

6학년이 거의 끝나 가던 2월의 어느 날, 버들이는 내게 커다란 슬픔을 안겨 주고 세상을 떠났다. 내가 2박 3일 일정으로 서해안 철새 탐조를 떠나느라 집을 비운 사이 개목걸이를 벗어 둔 채 어디론가 사라져 돌아오질 않은 것이다. 눈 덮인 산과 온 동네를 다 돌아보았지만 찾을 수가 없었다. 그렇게 일 주일이 지나 식구들이 버들이를 기다리는 마음을 접을 즈음, 오빠가 이웃집 비닐하우스 옆에서 몸이 딱딱하게 얼어붙은 버들이의 시체를 찾아냈다.

엉엉 우는 오빠의 손에 들려 있는 버들이를 나는 차마 볼 수가 없었다. 버들이의 죽음이 믿기지가 않아 눈물도 나오지 않았다. 그 뒤로 꽤 오랫동안 난 밤마다 울다가 잠이 들었고, 하루도 빠짐없이 버들이의 꿈을 꾸었다. 대체 녀석의 죽음이 무엇 때문이었는지 답답해서 미칠 것만 같았다. 며칠 후, 묶여 있는 반디를 공격하는 이웃집의 도사견을 쫓아 버리고 나서야 우리는 버들이가 죽은 이유를 미루어 짐작할 수 있었다.

나는 가까운 산기슭에 버들이를 묻어 주었다. 그리고 생각날 때마다 그리로 올라가 풀을 뽑아 주며 녀석과 함께 뛰어 놀던 때를 떠올리곤 했다.

꽃이 피기 시작하는 4월, 버들이의 무덤 가에 앙증맞은 보랏
빛의 현호색이 피었다. 버들이가 환생한 것이란 생각에 너무너
무 기뻤다. 나를 더욱 기쁘게 했던 건 현호색이 다름 아닌 모시
나비의 먹이식물이라는 점이었다. 기특한 녀석! 죽어서도 날
잊지 않고 내가 좋아하는 나비의 먹이식물로 환생하다니! 지금
도 4월이 되면 나를 빤히 쳐다보던 버들이의 맑은 눈망울이 눈
물 나게 그립다.

여름 손님 청호반새

매년 여름이면 어김없이 홀로세를 찾아오는 손님이 있다. 길고 뾰족한 주황색 부리와 비단처럼 곱게 빛나는 푸른빛의 등, 그리고 개나리만큼이나 노란 배를 가진 새. 녀석의 이름은 청호반새다.

흔치 않은 여름 철새인 청호반새는 절벽에 집을 짓는 게 특징이다. 천적의 공격을 피하기 위해 높고 가파른 절벽에 구멍을 뚫고 그 안에서 서식한다. 게다가 신기하게도 한 번 살았던 보금자리를 절대 잊지 않고 다시 그리로 찾아든다.

청호반새는 홀로세에 여름을 알리는 반가운 새다. 여름이 다가온다 싶으면 언제 나타났는지 벌써 계곡 앞 전깃줄에 앉아 우리를 반겨주곤 한다.

녀석은 또한 뛰어난 사냥꾼이기도 하다. 일단 사냥감을 발견하면 아무리 물살이 빠른 계곡이라도 절대 휩쓸리는 법 없이 단번에 목표물을 낚아챈다. 얼굴보다 몇 배나 긴 커다란 부리를 번뜩이며 날쌔게 물고기를 사냥하는 모습은 그야말로 예술이 따로 없을 정도다.

청호반새는 하루의 일과가 아주 정확한 새이다. 먹이를 구하러 굴

에서 나오는 시간과 들어가는 시간이 늘 일정하다. 그래서 늘 그 시간을 이용해 아이들과 함께 녀석을 관찰하곤 했다. 집 앞에 있는 연못에 필드스코프를 설치하면 청호반새를 관찰하기가 아주 쉽다. 대형 망원경처럼 생긴 필드스코프는 새를 관찰하는 데 가장 좋은 도구다.

하루는 아이들에게 청호반새를 좀더 자세히 보여 주기 위해서 채집에

청호반새

나섰다. 아직 밖으로 나오기 전인 이른 아침에 굴 입구에 망을 쳐 놓자 먹이를 구하러 나오던 녀석이 망에 걸렸고, 아빠가 그걸 손으로 잡아 아이들에게 보여 주셨다. 반짝반짝 윤나는 파란 날개와 짙은 주황색의 부리가 필드스코프로 볼 때보다 훨씬 선명하고 아름다웠다. 관찰이 끝난 뒤엔 물론 다시 놓아 주었고, 녀석은 늘 그랬던 것처럼 시간에 맞춰서 무사히 제 보금자리로 돌아갔다.

그런 청호반새에게 커다란 시련이 닥쳤다. 비가 너무 많이 오는 바람에 길이 패이고 끊어져서 급하게 복구 공사를 해야 했는데, 녀석이 집을 지은 모래 절벽이 하필이면 길 바로 옆이었다. 그래서 길을 복구하려면 어쩔 수 없이 그 절벽을 깎아 내야만 했던 것이다. 포크레인이 요란한 소리를 내며 절벽을 깎기 시작하자 청호반새의 굴은 이내 흔적도 없이 사라져 버렸다.

몇 년째 머물던 집을 잃어버린 청호반새는 어디로 갔을까? 아예 다른 곳으로 떠나 버린 건 아닐까? 나는 이런저런 걱정을 하며 녀석이

사라진 하늘을 한참 동안 올려다보았다. 그리고 그 걱정은 이듬해에 다시 찾아온 청호반새를 발견하고서야 비로소 말끔히 가셨다. 깜찍하게도 녀석은 예전보다 약간 뒤로 밀려난 그 절벽에 보란 듯이 다시 집을 짓고 있었던 것이다. 옛집보다 훨씬 크고 넓은 산뜻한 새 집을.

아빠가 들려주는 생태 상식

청호반새는 환경의 척도

환경 평가 방법에는 크게 두 가지가 있다. 측정 기기를 사용하는 방법과 생물 지표를 이용하는 방법이다. 생물 지표를 이용하면 환경 요소를 정확히 수치화할 수 없다는 단점이 있지만 그 대신 환경을 종합적으로 평가할 수 있다는 장점이 있다. 보통 지표종을 통한 평가 방법을 사용하는데, 조류 중 대표적인 지표종이 바로 물총새과에 속하는 새들이다. 청호반새를 비롯한 물총새과의 새들은 깨끗한 개울의 물고기만을 잡아먹기 때문에 이 새들이 서식하는 곳의 물은 1급수로 평가된다. 홀로세 주변에는 약 8개 정도의 청호반새 둥지가 있다.

쉬리도 잡고 새코미꾸리도 잡고

한여름에 시원한 물 속에서 하는 민물고기 채집은 아이들이 무척 즐거워하는 공부 중 하나다. 채집은 주로 작은 샛강보다는 다양한 종이 사는 큰 강에서 이루어지는데, 섬강의 상류인 갑천천 쪽으로 나가는 경우가 대부분이다.

민물고기 채집을 할 때는 보통 한 명이 족대를 아래쪽에 설치하고 위쪽에서 여럿이 돌을 뒤집으며 몰거나, 아니면 고기들이 숨어 있을 만한 커다란 돌 하나를 집중 공격하는 방식을 주로 사용한다. 하지만 쉬리나 돌고기 등이 주로 오가는 여울 부근은 물이 꽤 깊고 물살도 빨라서 어린아이들이 들어가기엔 위험했다. 곰곰이 생각한 끝에 우리는 좀더 새로운 방법을 시도해 보기로 했다.

일단 고학년이나 수영을 잘하는 녀석들을 뽑아서 물안경을 하나씩 주었다. 채집을 나간 곳은 물길이 아주 넓다가 나중에는 돌멩이 하나 넓이만큼 좁아지면서 흐름이 급해지는 곳이었는데, 물안경을 쓴 아이들 4~5명이 동시에 잠수를 해서 눈으로 고기들을 직접 보면서 좁은 곳으로 몰도록 했다. 그러면 밀려 내려온 고기들이 빠른 물살에 휩

쉬리
묵납자루
꺽지
새코미꾸리

쓸리면서 미리 설치해 놓은 족대 그물에 척척 걸려드는 것이다. 이 방법을 쓰면서부터 채집은 훨씬 재미있어졌고, 그냥 발로 첨벙첨벙 하면서 모는 것보다 훨씬 다양한 종과 많은 개체들을 채집할 수 있었다.

물안경을 쓰고 들여다본 물 속의 풍경은 황홀함 그 자체다. 쉬리의 눈부신 광채와 검은 줄무늬의 돌고기 떼, 반짝반짝 빛나는 갈겨니, 넙적한 묵납자루, 살벌한 가시를 가진 꺽지, 요리조리 미끄러져 도망치는 주황색 수염의 새코미꾸리, 모래 속에서 감쪽같이 위장하고 숨어 있는 물 속의 청소부 모래무지 등등. 셀 수 없을 만큼 다양한 종들이 한데 어우러져 헤엄치는 그 환상적인 풍경이라니!

그 중에서도 피라미치어들이 만들어 내는 피시볼(fish ball)을 보면 정말이지 감탄사가 절로 나온다. 피시볼은 작은 몸집의 어린 물고기들이 공 모양으로 뭉쳐 몸집이 큰 생물처럼 보이게 하여 천적으로부터 몸을 피하는 지혜로운 생존 전략이다.

아이들이 가장 채집하고 싶어하는 민물고기는 영화를 통해 유명해진 쉬리다. 워낙 이름을 자주 들어 친숙한데다, 지느러미의 무늬와 비늘의 색깔이 정말 멋지기 때문이다. 보통 5~6마리가 함께 헤엄쳐 다니는데, 물안경을 쓰고 물 속에서 보면 제일 먼저 눈에 띌 정도로 아름다운 빛깔을 가지고 있다. 헤엄칠 때는 매우 빠르지만 가끔씩은 바위 위에 걸터앉아(?) 느긋하게 쉬는 모습도 보여 주곤 한다.

채집한 민물고기는 종별로 공부를 한 후 생태학교 연못에 다시 풀어 준다. 일부는 대형 수족관에 넣어 물 속에서 생활하는 모습이나 특징을 자세히 관찰할 수 있도록 했다. 하지만 같은 물고기라도 연못에서 보는 느낌과 채집 현장에서 보는 느낌이 같을 수는 없는 일! 지금도 아이들은 여름만 되면 고기 잡으러 가자고 이른 아침부터 보채기 일쑤다. 오염되지 않은 맑은 물 속을 노니는 섬강의 민물고기들은 홀로세가 선사하는 최고의 여름 선물이다.

말벌 침맛 좀 보실래요?

내가 다녔던 금성분교 앞에는 마을길을 따라 긴 계곡이 있다. 여름이 되면 방과후에 전교생이 그 계곡으로 첨벙첨벙 뛰어든다. 전교생이 라야 겨우 9명이고 다들 앞뒷마을 아이들이었지만……

계곡에서 다슬기도 줍고 버들치도 잡으며 놀다 보면 어느 새 오후 4~5시가 되고, 그제야 아이들은 서둘러 집으로 돌아간다. 옷이 젖은 채로 집까지 걸어가면 덥지도 않고, 집에 도착할 즈음이면 어느새 옷 이 다 말라 있다. 여름철 대부분을 물에서 보내는 시골 아이들의 지혜 라고나 할까.

초등학교 5학년 여름. 그 날도 어김없이 계곡에서 하루 종일 놀다 가 집에 돌아왔는데 늘 삽을 들고 열심히 일하시는 아빠가 웬일인지 보이질 않았다. 집에 들어가 보니 전에 없이 방 한가운데 길게 누워 계셨는데, 맙소사! 뒤통수가 혹부리 영감처럼 툭 튀어나와 있는 게 아닌가! 일을 하다가 땡삐(땅벌)들한테 머리를 심하게 쏘이셨다는 것 이다.

아빠는 벌을 타는 편이다. 그 전에도 한 번 말벌에게 된통 쏘인 일

이 있었다. 계방산에 가족들
과 채집을 갔을 때였는데,
아빠의 포충망에 거대한 장
수말벌이 채집됐다. 곤충을
마취시키거나 죽일 때 사용
하는 독병이 있었다면 별 문
제가 없었을 텐데, 그 날따

라 독병이 없어서 필름 통에 장수말벌을 넣어야 했다. 그 크고 사나운
벌을 약품 처리도 없이 작은 통에 억지로 넣으려다가 그만 녀석의 무
시무시한 침에 쏘이고 말았던 것이다.

아빠는 여태까지 쏘여 본 벌 중에서 이렇게 아픈 벌은 처음이라고
하셨는데, 표정을 보니 엄살이 아닌 듯했다. 장수말벌에 쏘인 아빠의
손가락은 탱탱 붓다 못해 건드리면 당장이라도 터질 것처럼 빵빵하게
부풀어오른 상태였다.

그런데 그토록 벌을 심하게 타는 아빠가 땡삐들한테 무려 20방 넘
게 머리를 쏘이셨다니! 아빠는 골이 흔들려 죽겠다면서 끙끙 앓고 있
었고, 엄마는 심란한 표정으로 아빠에게 약을 발라 주고 얼음찜질을
해 주었다. 시간이 지나자 아예 아빠의 머리 전체가 심하게 부어 오르
더니 열도 펄펄 끓기 시작했다. 벌이 쫓아올 때는 도망가지 말고 땅에
납작 엎드리라고 늘 강조하시던 아빠도 막상 땡삐들의 습격을 당하니
무작정 달음박질칠 수밖에 없었던 모양이다.

누워 계신 아빠의 모습은 몹시 안쓰러워 보였다. 하지만 방에서 나
올 때는 나도 모르게 피식 웃음이 터지고 말았다. 달려드는 벌 떼를

피해 걸음아 날 살려라 하고 도망가는 만화 같은 장면이 자꾸 상상이 되었던 것이다. 아빠한테는 죄송스러운 일이지만, 그래도 아무튼 우스운 건 우스운 거다.

벌에 쏘인 얘길 하자면 빼놓을 수 없는 사건이 또 하나 있다. 그 주 인공은 다름 아닌 나! 이야기는 몇 년 전 여름으로 거슬러 올라간다.

홀로세 생태학교 본부이자 우리 가족의 생활 공간에 어느 날 불청 객이 끼여들었다. 툇마루 위쪽 처마에 말벌들이 동그랗고 노란 집을 지은 것이다. 어찌나 크고 단단하게 지었는지 보기만 해도 가슴이 철 렁 내려앉을 정도였다. 마루문을 열고 나오면 머리 바로 위에 벌집이 매달려 있는 꼴이었으니……. 녀석들이 윙윙거리며 날아다닐 때면 온 몸에 소름이 쫙 돋을 만큼 섬뜩하고 공포스러웠다.

하지만 벌집을 없애자는 얘기는 차마 할 수 없었다. 생태학교의 후 계자 체면에 어떻게 곤충들의 소중한 보금자리를 함부로 없애자고 할 수 있단 말인가! 결국 두려움을 무릅쓰고 그냥 말벌들과 한 지붕을 쓰며 지내기로 했다. 문을 나설 때마다 얼마나 뒷머리가 당기던지!

그러던 어느 날, 문을 열고 나오는데 윙 소리가 귓가에서 들려왔다. 그냥 지나가는 소리가 아니라 분명히 내 몸 어딘가에 앉아 있다가 날 아가는 소리였다. "악! 엄마아." 나는 비명을 지르며 죽어라 달음박 질쳤다. 한참을 내뺀 뒤에 확인해 보니 놀랍게도 머리에 구멍 하나가 뻥 뚫려 있는 거였다. 말벌이 내 머리에 침을 쏜 것이다. 세상에 말벌 한테 쏘였으니 이를 어째!

구멍을 본 엄마가 하얗게 질린 얼굴로 차에 시동을 걸었다. 옆에서 "넌 튼튼해서 괜찮을걸?" 하며 놀려 대는 오빠를 뒤로하고 부리나케

보건소로 달려가 머리에 소독을 했다. 그런데 발을 동동 구르던 엄마
와 나의 다급함과는 달리, 의외로 머리의 부기가 금방 가라앉고 정상
으로 돌아오는 거였다. 하긴, 천하의 이가영이 겨우 말벌 한 마리에
질 순 없지!

하루가 지나자 내 머리는 무슨 일이 있었느냐는 듯 멀쩡해졌다. 아
빠와는 달리 나는 체질적으로 벌을 안 타는 것 같았다. 오히려 피부가
더 하얘지고 부드러워지기까지 했으니! 아토피성체질이라 얼굴이 늘
벌겋고 꺼칠했는데 말벌에 쏘이고 나서 피부가 눈에 띄게 달라졌던
것이다. 여드름 많은 오빠가 자기도 벌침 맞으면 저렇게 될 수 있냐며
부러워할 정도였으니까. 역시 난 처음부터 횡성 같은 시골에서 살 운
명을 타고난 모양이다.

참고로 상식 하나. 꿀벌 같은 경우는 침을 쏘고 나면 곧바로 죽는
다. 침이 빠지면서 몸 안에 있는 내장이 함께 떨어져 나가기 때문이
다. 그래서 목숨이 위험하다고 느꼈을 때만 마지막 공격이자 방어 수
단으로 적에게 침을 쏜다.

이와 달리 말벌은 침을 쏴도 죽지 않는다. 꿀벌처럼 침이 몸에서 빠
지는 게 아니라 단지 찌르기만 할 뿐이기 때문이다. 그렇지만 말벌의
침이 더 크고 굵기 때문에 쏘였을 경우엔 꿀벌보다 훨씬 더 위험하다.

아빠처럼 벌을 타는 사람들은 쏘인 부분이 심하게 붓는다. 지끈거
리며 아픈 건 물론이고, 심할 땐 구토 증세가 나타나기도 한다. 벌침
은 몸에 박힌 뒤에도 계속 독성을 내뿜기 때문에 즉시 뽑아 내야 한
다. 상처 부위에는 얼음찜질을 한 후, 소독을 하고 약을 바르면 오케
이. 운이 좋으면 나처럼 피부가 더 고와질 수도 있다.

무뚝뚝한 수리부엉이

거대한 몸집, 날카로운 부리와 발톱, 머리 양쪽으로 툭 튀어나온 깃과 무섭게 부릅뜬 눈까지 어디 하나 흠 잡을 데 없는 사냥꾼! 천연기념물 324호인 수리부엉이의 모습이다. 밤에 활동하는 야행성이라 좀처럼 보기 힘든 그 귀한 새를 내 손으로 직접 키운 적이 있었다.

우리가 살고 있는 횡성군에서는 매년 '태풍 문화제'라는 향토 축제가 열리는데, 한번은 홀로세 생태학교의 나비 표본을 전시하는 나비전을 열었다. 당시만 해도 횡성에 터를 잡은 지 얼마 안 되었을 때여서 지역 주민들 사이에 생태학교와 아빠에 대한 무수한 소문이 떠돌았던 모양이다. 전시회장 입구에 서 있던 엄마에게 사람들이 주고받는 이야기가 들렸다고 한다.

"홀로세가 뭐하는 데야?"

"나비를 키운다고 서울서 기자 하다가 산골로 들어왔다는데, 홀로 서서 뭘 하겠다고 한다나? 한마디로 미친놈이지 뭐."

엄마는 아빠를 미친 사람 취급하는 사람들의 대화를 듣고 어이가 없어 그만 웃음이 나왔다고 한다.

그런데 그 날 그런 말을 했던 아저씨가 훗날 수리부엉이를 잡아 홀로세로 아빠를 찾아왔으니! 그 집 닭장에 밤마다 뭔지 모를 짐승이 내려와 닭을 잡아먹어서 닭장 위에 그물을 쳐 놓았는데, 거기에 걸려든 범인이 바로 수리부엉이였다고 한다.

비록 아끼던 닭을 잡아먹은 놈이지만, 그래도 그물에 발이 걸려 꼼짝 못 하는 수리부엉이가 좀 불쌍해 보였던 모양이다. 그래서 녀석을 생태학교에 데려다 주면 잘 치료해서 다시 살릴 수 있을 것 같기도 하고 아이들 공부에도 도움이 될 것 같다며 찾아온 거였다. 엄마는 그 아저씨가 예전에 아빠를 미친놈이라고 불렀던 사람임을 한눈에 알아보셨다. 그리고는 아빠가 하시는 일이 뜻있는 일이라는 걸 동네 주민들도 어느 정도는 알게 된 것 같다며 흐뭇해하셨다.

수리부엉이 같은 천연기념물을 치료하려면 동물보호협회나 관련 단체에 연락을 해야 했다. 하지만 아빠가 여러 곳을 알아봐도 별로 자신있는 답변이 없었다. 아빠는 녀석의 상처가 가벼우니까 그냥 우리가 치료한 뒤에 자연으로 돌려보내자고 하셨다.

녀석은 그물에서 벗어나기 위해 심하게 발버둥친 모양이었다. 그 바람에 그물이 살 깊숙이 파고들어서 제대로 걷지도 못하고 절뚝거렸다. 상처를 치료하려면 일단 그물부터 끊어야 했는데 날카로운 발톱과 부리 때문에 작업이 영 쉽지 않았다.

여럿이 달려들어 커다란 포충망을 머리에 씌우고, 육중한 부리를 꽉 잡아 누르고, 길이가 5cm 이상이나 되는 발톱을 수건으로 둘둘 감고……. 그런 뒤에야 겨우 살을 파고든 그물을 떼어 내고 소독약을 발라 줄 수 있었다. 치료를 끝낸 뒤엔 닭을 키우기 위해 만들어 놓은 지름 5m의 커다란 원뿔 사육장에 넣어 주었다.

그런데 문제는 먹이였다. 수리부엉이를 살리려면 여태까지 우리가 공들여 키워 온 오리와 닭을 먹이로 줘야 했다. 사육장에 들어간 오리는 꼼짝도 못한 채 오들오들 떨고, 수리부엉이는 마치 사냥이라도 하듯 일단 오리의 머리부터 공격하여 잘라 낸 후 천천히 식사를 했다. 아, 얼마나 끔찍하던지! 게다가 식욕도 좋아 사흘에 한 마리씩 오리를 먹어치웠다. 오리들이 수리부엉이의 밥이 되는 게 너무 안타까웠지만 어쩔 수 없는 일이었다.

큼직한 오리를 10여 마리나 먹어치우면서, 수리부엉이는 눈에 띄게 몸이 좋아졌다. 누가 사육장 가까이 다가가면 눈을 부릅뜬 채 커다란 날개를 활짝 펴서 겁을 주기도 하고, 부리를 부딪쳐서 딱딱 소리를 내기도 하며 날카롭게 경계를 했다. 사람이 들어도 오싹할 만큼 위협적으로 느껴졌으니 작은 동물들에겐 얼마나 공포스러울지 충분히 상상할 수 있었다.

한 달이 지나자 날개가 완전하게 펼쳐졌고 절뚝거리던 걸음도 정상으로 돌아왔다. 아빠는 이제 그만 수리부엉이를 자연으로 돌려보내자며 그 날 밤에 사육장 문을 열어 놓았다. 다음 날 아침, 사육장엔 녀석이 먹다 남긴 오리의 시체만 덩그러니 남아 있었다. 그 날 이후 홀로세가 있는 대숲산에서 밤마다 수리부엉이의 울음소리가 들려 왔다.

녀석, 고맙다는 말 한마디 없이 가 버리다니. 무뚝뚝한 친구 수리부엉이야! 건강하게 잘 지내렴.

엽기적인 사마귀 부부

홀로세 생태학교에서는 주말마다 1박 2일의 프로그램이 수시로 열린다. 주로 곤충 채집과 식물 채집을 하고 야간에는 반딧불이 채집을 한다. 토요일 오후가 되면 프로그램에 참가하는 가족들의 승용차가 하나 둘씩 가쁜 숨을 몰아쉬며 산길을 넘어 들어온다.

어느 가을날의 주말 오후였다. 메뚜기, 팥중이, 풀무치, 귀뚜라미, 방아깨비 등 메뚜기목에 속하는 곤충들이 한창일 즈음이었다. 아이들이 모인 곳 바로 옆의 바위에 사마귀 한 마리가 꼼짝도 하지 않고 웅크리고 있었다. 주위에서 폴짝거리며 왔다갔다하는 다른 풀벌레들을 사냥하려는 모양이었다. 우리는 다들 약속이라도 한 듯 숨을 죽이고 녀석의 행동을 관찰했다.

잠시 후, 한동안 꼼짝도 하지 않던 사마귀가 조용히 움직이기 시작했다. 얼마나 살금살금 다가가는지 다른 곤충들은 전혀 그 움직임을 눈치채지 못하고 있었다.

사마귀는 팥중이 한 마리가 사정 거리 안에 들어오자 잽싸게 날카로운 앞발을 앞으로 쭉 뻗어 사냥에 성공했다. 모두들 앉아서 사마귀의 식사 모습을 관찰했는데, 앞발로 팥중이를 야무지게 잡고 아작아작 씹어 먹는 모습이 과연 숲 속의 무법자라 할 만했다.

사마귀가 사냥에 성공하는 순간 "우아, 드디어 잡았네!" 하면서 흥분하던 아이들은, 막상 녀석이 잔인하게 팥중이를 씹어 먹는 모습을 보고는 다들 불쌍하다며 고개를 돌렸다. 길앞잡이나 홍단딱정벌레처럼 큰 턱은 아니지만 톱같이 뾰족한 턱으로 갉아먹듯이 팥중이 한 마리를 해치우는 사마귀가 무시무시하다면서 다시는 못 만질 것 같다는 아이도 있었다.

외국에서는 사마귀가 사냥을 하기 전에 앞발을 가만히 모으고 있는 모습이 기도하는 것 같다 하여 사마귀를 '프레잉 맨티스(praying mantis)'라고 부른다는데, 겉보기엔 기도하는 모습 같을지 몰라도 살기를 띤 사마귀의 눈은 평화스러움과는 거리가 멀다. 죽음을 부르는 풀숲의 저승사자라고나 할까. 하지만 그렇게 포악한 사마귀들도 모든 사냥에 100퍼센트 성공하는 것은 아니다. 오히려 실패하는 경우가 훨씬 더 많다고 한다.

사마귀는 동종포식을 하는 대표적인 곤충이다. 짝짓기를 하는 도중에 암컷이 수컷을 잡아먹는 것으로 유명한데, 이것은 암컷이 짝짓기를 할 때 그만큼 많은 에너지를 써 버리기 때문에 그걸 채우기 위해서 제 등 뒤의 수컷을 잡아먹는 것이다.

언젠가 그 장면을 직접 관찰할 기회가 있었다. 사마귀 한 쌍이 환삼덩굴 위에서 짝짓기를 하고 있었는데 아래쪽에 있는 암컷이 수컷에 비해 상대적으로 컸다. 수컷은 암컷 뒤에 매달려 있다가 갑작스럽게 암컷이 공격을 하자 아무런 저항도 하지 못한 채 바로 잡아먹혀 버렸

다. 더 충격적이었던 건, 머리
를 다 먹힌 뒤에도 암컷과
떨어지지 않고 짝짓기를
계속했다는 사실이다. 머리
없이 짝짓기하는 생물이라니!

사마귀의 암컷은 산란을 할 때 알집
을 만드는데 종마다 형태가 다르다.
좀사마귀의 알집은 길쭉하고 왕사마귀

사마귀

의 알집은 동그랗다. 이 알집은 '퀴논'이라는 물질로 되어 있으며, 알
이 부화할 때까지 보호하는 역할을 한다.

처음에 거품처럼 하얗던 사마귀의 알집은 시간이 지나면서 차츰
딱딱하게 굳어간다. 그러다가 애벌레가 나올 즈음이면 다시 말랑말
랑하게 변한다. 그러면 투명하다 싶을 정도로 연한 베이지색의 약충
(불완전변태를 하는 곤충의 애벌레)들이 알집에 거꾸로 매달린 채 금
방이라도 쏟아질 것처럼 줄지어 밖으로 나오기 시작한다. 애벌레들
이 다 나온 후 알집을 손으로 잡아 보면 마른 낙엽처럼 바스락 하고
부서져 버린다.

사마귀처럼 동종포식을 하는 종으로는 파밤나방이 있다. 파밤나방
의 애벌레는 배추를 먹고 산다. 풀을 먹던 애벌레가 왜 갑자기 같은 애
벌레를 잡아먹을까, 입맛이 변했나? 사마귀야 원래부터 다른 곤충들
을 잡아먹고 사는 포식자니까 그러려니 하지만 배추를 먹이식물로 하
는 파밤나방이 같은 애벌레를 잡아먹는 장면은 참으로 충격적이었다.

물론 이유가 있기는 하다. 좁은 공간에 너무 많은 애벌레들이 서식

하게 되면 먹이경쟁을 피하기 위해서 같은 종족을 잡아먹는다는 것이다. 어쩔 수 없는 자연의 섭리이긴 하지만, 그래도 사마귀나 파밤나방의 동종포식은 너무 잔인하다는 생각이 든다.

사마귀의 특성

'버마재비' 라고도 불리는 사마귀는 난폭한 포식자이며 곤충의 제왕이다. 대부분의 곤충들이 낮이나 밤 중 자신에게 유리한 시간대를 택하는 데 반해 사마귀는 낮밤을 가리지 않고 먹이를 사냥한다. 초록빛을 띤 눈이 밤에는 색소가 변해 까맣게 되면서 먹이를 찾아 나설 수 있기 때문이다. 목숨을 건 짝짓기로 유명하지만 모든 암컷이 짝짓기 후 수컷을 잡아먹는 건 아니며, 영양 섭취가 부족한 경우에만 동종포식을 한다. 수컷이 암컷에게 잡아먹히는 중에도 짝짓기를 계속할 수 있는 이유는 짝짓기를 유도하는 신경기관이 머리에 있지 않고 배에 있기 때문이다.

산 속의 청소부 송장벌레

송장벌레. 이름에서부터 왠지 썩는 냄새가 나는 것만 같은 우중충한 곤충들! 녀석들은 죽은 동물의 시체 따위를 먹고 사는데, 뭔가가 죽었다 싶으면 어느새 개미 다음으로 달려들어 바글거린다. 아프리카 초원의 청소부가 하이에나라면, 산 속의 청소부는 바로 이 송장벌레들이다.

시체를 먹고 살아서 그런지 녀석들에게선 아주 지독한 냄새가 난다. 손으로 한 번만 만져도 웬만해선 그 냄새가 가시지 않는다. 송장벌레가 들어 있는 표본 박스를 열었을 때 새어나오는 퀴퀴한 냄새는 거의 화학무기 수준이다. 멋모르고 코를 들이댔다가는 큰코 다친다.

하지만 녀석들의 청소 실력 하나만은 정말 최고다. 언젠가 그 모습을 아주 생생하게 눈으로 확인한 적이 있다.

어느 날 UFO나비집 앞에서 풀을 뽑던 엄마가 갑자기 소리를 지르며 달려왔다. 똬리를 틀고 있는 뱀을 보고 놀라서 걸음아 날 살려라 하고 도망친 거였다.

산 속에서 사는 우리에게 뱀은 가장 큰 공포의 대상이다. 뱀이라는 소리만 들어도 엄마와 나는 얼굴부터 하얗게 질려 버린다. 벌써 6년이 넘게 산 속에 살면서 매일같이 산을 오르내리지만 귀신보다 더 무서운 게 바로 뱀이다. 우리 가족들 중 뱀을 우습게 아는 사람은 단 한 분, 아빠뿐이다.

아빠가 사건 현장으로 가자마자 그 뱀은 이내 아빠의 삽에 의해 딴 세상 뱀이 되었다. 그런데 멀찍이 떨어져서 보고 있던 엄마와 나를 아빠가 손짓하여 부르셨다. 그 뱀을 대형 '피트폴(Pitfall)' 트랩에 넣은 다음 땅 속에 묻어서 실험을 해 보자는 거였다.

피트폴 트랩은 날개가 퇴화한 지표성 곤충(날개의 기능이 축소·소실되어 지표를 기어다니는 곤충)을 채집하는 함정이다. 주로 활엽수가 있는 곳에 묻어 두는데, 지표면과 동일한 높이로 통을 묻고 그 안에 막걸리나 꽁치 통조림처럼 냄새가 강한 음식을 넣는다. 그런 다음 주변을 다시 흙으로 덮고, 비가 들이치지 않게 돌을 이용한 지붕을 만들어 준다.

묻는 게 끝나면 위치를 알려 주는 표시봉을 꽂아 두고 4~5일 뒤에 수거한다. 그러면 홍단딱정벌레에서 시작하여 먼지벌레류, 송장벌레류, 반날개 등등 냄새를 맡고 찾아든 지표성 곤충들을 대량으로 채집할 수 있다. 다른 채집과 달리 이 일은 상당히 고달픈데, 썩어 가는 음식물에서 나는 구역질나는 냄새를 맡으며 핀셋으로 곤충들을 집어 내는 일이 가장 괴롭다.

뱀을 미끼로 쓰자는 말에 나는 약간 시큰둥했다. 냄새가 전혀 나지 않는데 뭐가 제대로 모이기나 할까 싶었던 것이다. 우리는 별다른 기대 없이 뱀을 피트폴 트랩에 넣은 다음 땅 속에 묻어 두었다.

그러나 다음 날 확인해 보니 결과는 전혀 예상 밖이었다. 대모송장벌레와 우단송장벌레 등 송장벌레 수십 마리가 뱀의 시체 위에 덕지덕지 붙어 있었던 것이다. 도대체 산 속 어디에 있던 놈들이 겨우 하루만에 이렇게 몰려든 것일까? 곤충들의 뛰어난 후각이 새삼 놀라울 따름이었다.

대모송장벌레

끝이 동그란 더듬이를 이리저리 움직이며 피트폴 트랩 안을 기어다니는 송장벌레들은 행복해 보였다. 하긴, 모처럼 포식할 기회가 생겼으니 그럴 만도 하겠다는 생각이 들었다. 동작이 빠른 녀석들은 이미 뱀의 몸 속까지 들어가서 야금야금 살을 파먹고 있었다. 대모송장벌레가 몸 안에서 움직일 때마다 뱀가죽이 꿈틀거려 마치 뱀이 숨을 쉬는 것처럼 보이기도 했다.

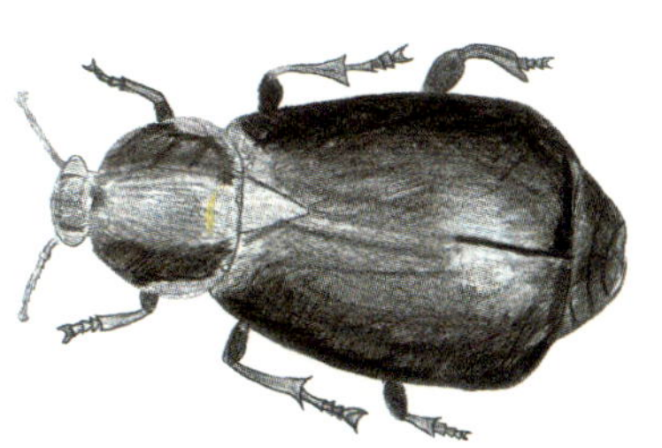

우단송장벌레

검정송장벌레

나는 한참 동안 쭈그리고 앉아 그 모습을 구경했다. 냄새가 지독했고 죽은 뱀이 징그럽기도 했지만, 그보다는 송장벌레들의 시체 처리 속도가 너무나 감탄스러웠던 것이다. 씹어먹는지 갉아먹는지 잘 보이지도 않을 만큼 작은 입으로 뱀 한 마리를 그토록 빨리 먹어치울 수 있다니! 마치 비디오 테이프를 '빨리감기'로 돌리는 것 같은 신기한 장면이었다.

송장벌레들이 식사를 마치자 뒤늦게 냄새를 맡은 다른 곤충들이 차례로 나타나 배불리 먹고 갔다. 나중엔 뱀이 허물을 벗은 것처럼 껍질만 덩그러니 남았는데, 정말 청소 한번 똑 부러지게 잘한다는 생각이 들었다. 역시 자연의 청소부들은 인간보다 훨씬 깔끔하고 완벽하다.

송장벌레의 미국 이름?

죽어서 썩은 동물을 먹고 사는 생태계의 청소부들은 딱정벌레목 송장벌레과에 속하며 영어로는 'carrion beetle(썩은 고기 딱정벌레)'이라고 부른다. 평소엔 모습을 전혀 볼 수 없지만 땅을 파고 피트폴 트랩을 설치하면 몇 시간 만에 수십 마리가 모여들 만큼 후각이 뛰어나다. 날지 못하는 송장벌레류는 서식지가 제한되어 있으므로 관심을 갖고 보호해야 할 종류들이 많다.

모성애의 힘, 에사키뿔노린재

노린재의 종류는 엄청 다양하다. 크고 듬직한데다 화려한 색을 가진 대왕노린재가 있는가 하면 무당벌레를 쏙 빼닮은 알노린재도 있다. 비행 실력이 뛰어난 톱다리개미허리노린재도 있고, 몸과 다리가 유난히 길쭉한 침노린재도 있다.

그 중에서도 가장 독특한 녀석은 역시 침으로 상대를 공격하는 침노린재다. 방어 수단으로 노린내만 내뿜는 줄 알았던 노린재들이 말벌만큼이나 강력한 무기를 가지고 있다는 건 정말 뜻밖이었다. 그 뜨거운 침맛을 처음으로 본 건 내가 아니라 엄마였지만.

다리무늬침노린재

어느 날 화단을 정리하던 엄마가 새로운 침노린재를 채집하셨다. "이건 처음 보는 건데!" 새로운 종에 눈이 번쩍 뜨인 엄마는 즉시 카메라를 가지러 집으로 향했다. 방금 잡은 침노린재를 손에 꼭 쥔 채로. 그런데 몇 걸음 걷기도 전에 녀석이 엄마의 검지에 침을 쏜 것이다. 벌에 쏘인 듯한 따끔한 느낌에 엄마는 깜짝 놀라 손바닥을 벌렸고, 침노린재는 그 틈에 어디론가 도망갔다.

엄마의 검지손가락 끝은 금방이라도 터질 것처럼 심하게 부어 올랐다. 첫 번째 마디가 벌겋게 달아오르고 나중엔 딱딱하게 굳기까지 했다. 게다가 지독하게 아프기까지! 녀석의 침은 작은 꿀벌보다 강력한 게 틀림없었고 말벌 뺨치는 솜씨였다. 그 때부터 우리는 침노린재를 다시 보게 되었고, 눈에 띄더라도 웬만하면 건드리지 않기로 했다.

엄마를 공격했던 괘씸한 침노린재와는 달리 우리 가족에게 감동을 불러일으킨 노린재도 있었다. 혹시 등껍질 위에 조그맣고 하얀 하트를 달고 다니는 노린재를 본 적이 있는지? 이 노린재가 바로 감동의 주인공인 에사키뿔노린재이다.

녀석은 누구를 그렇게 사랑하기에 등 위에까지 하트를 달고 다니는 걸까. 그건 아마도 자기 새끼를 향한 뜨거운 모성애임에 틀림없다.

에사키뿔노린재는 산란 후에 절대로 알 곁을 떠나지 않는 것으로 유명하다. 산란을 하는 순간부터 애벌레가 부화할 때까지 연녹색의 알들을 품고 줄곧 그 자리를 지킨다. 배도 고프고 다리도 아플 텐데 어쩌면 그렇게 꿋꿋한지! 수중 생태계에 알을 등에 지고 다니는 물자라 수컷의 부성애가 있다면, 물 밖에는 알을 품고 지켜 내는 에사키뿔노린재의 모성애가 있다.

산초나무 잎에 하나 가득 박아 놓은 알들을 목숨 걸고 지켜 내는 에사키뿔노린재의 모성애는 온갖 궂은 비바람과 배고픔 앞에서도 끄떡하지 않을 만큼 강하다. 나뭇가지로 아무리 건드리고 알에서 떼어 내 보려고 잡아당겨도 꼼짝도 하지 않는다. 가늘기만 한 6개의 다리 힘

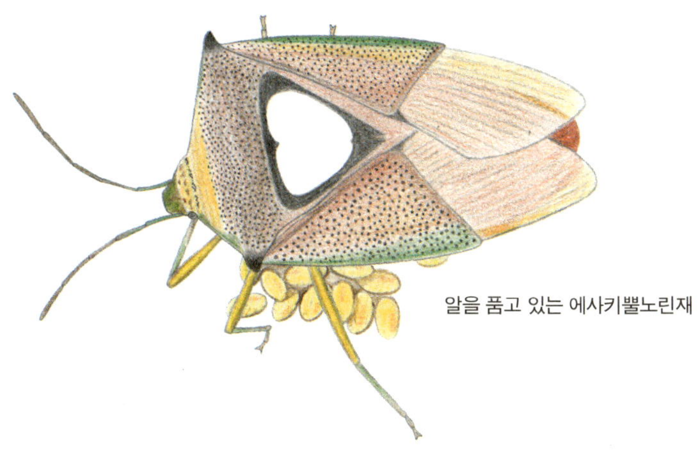

알을 품고 있는 에사키뿔노린재

이 어떻게 그렇게 강할 수 있는지 정말 신기하게 느껴질 정도다.

언젠가 산초나무 잎 뒷면에 매달려 알을 보호하고 있는 에사키뿔노린재를 아이들에게 보여 준 적이 있었다. 죽은 것도 아닌데 아무런 움직임이 없는 게 신기하게 여겨졌는지 아이들이 서로 만져 보겠다며 달려들었지만 녀석은 여전히 꼼짝하지 않았다.

아이들은 은근히 흥분하기 시작했다. 그토록 조그만 곤충에게 승부욕이 발동되다니! 하지만 누가 이기는지 한번 해 보자는 식으로 계속 당겨 대며 괴롭혔어도 에사키뿔노린재를 알에서 떼어 놓지는 못했다. 대체 녀석의 버티는 힘이 어느 정도인지 끝까지 확인해 보고 싶은 마음이 굴뚝 같았지만, 그냥 참기로 했다. 자기가 낳은 알을 애지중지 품고 있는 어미의 마음을 생각하니 더 이상 손을 댈 수가 없었던 것이다. 우리는 승부 대신 관찰을 택했고, 승리는 결국 에사키뿔노린재의 몫이 되었다.

새끼들이 무사히 부화할 때까지 자신의 한 몸을 기꺼이 희생해서 알을 지키는 에사키뿔노린재는 제 임무를 다한 뒤에 조용히 생을 마감한다. 자식에게 모든 것을 다 줄 수 있고 심지어는 목숨까지도 내놓을 수 있는 뜨거운 모성애. 엄마의 마음이란 다 그런 걸까?

아빠가 들려주는 생태 상식

노린재의 노린내

앞날개 반쪽이 막질(얇은 종이 같으며 반투명한 것)로 되어 있는 외형적 특징을 가진 곤충들을 노린재라 한다. 환경에 따라 다양하게 적응, 진화하여 육지는 물론이고 물 속에서 사는 종류도 많으며(물장군, 물자라, 게아재비 등), 주사위처럼 생긴 주둥이로 각종 생물체의 몸을 뚫고 체액을 빨아먹는다. 식물을 해치고 농산물의 바이러스성 질병을 옮기는 해충이지만 침노린재와 꽃노린재 등은 진딧물이나 나방 같은 식물 해충을 잡아먹기 때문에 생물학적 방제에 이용되고 있다. 노린재가 고약한 냄새를 풍기는 건 뒷가슴에 있는 냄새샘에서 분비되는 방어 물질 때문인데, 밀폐된 공간에서 맡으면 사람도 1분 내에 구토를 일으킬 만큼 강력하다.

왕방울 눈이 예쁜 새홀리기

수리부엉이를 산으로 돌려보낸 뒤에 새홀리기라는 아주 희귀한 새를 살려 준 적도 있다. 아빠가 이장을 맡으시면서 동네 사람들과의 교류가 잦아지자 생태학교에 도움을 주려는 이웃들이 하나 둘씩 늘어나기 시작했다. 그 중 한 분인 이해웅 아저씨는 중풍으로 몸이 불편한 부인을 20여 년째 보살피며 농사를 짓고 사는, 법 없이도 살 정도로 맘 좋은 아저씨였다. 술 생각이 나면 "이장, 술 한잔 하지" 하면서 구하기 힘든 자연산 송이버섯을 따서 아빠를 찾아오곤 했다.

이 날도 포대 하나를 들고 아빠를 찾아왔는데, 그 속에는 다리를 다쳐 날지 못하는 새홀리기 한 마리가 들어 있었다. 왕방울처럼 큰 녀석의 눈이 겁에 질려 더욱 커 보였다. 우리는 다친 다리에 붕대를 감아 치료를 해 주고 날 수 있을 때까지 돌봐 주기로 했다.

일단 커다란 새장 속에 새홀리기를 넣은 다음 개구리를 잡아서 먹이로 주었다. 녀석은 입맛도 까다로워서 배에 붉은 무늬가 있는 무당개구리는 도무지 먹질 않고 북방산개구리나 참개구리만 먹었다. 그래서 오빠와 나는 그 개구리들을 채집하느라 한동안 바쁜 나날을 보내야 했다. 하루에 5~6마리를 거뜬히 먹어치우면서 새홀리기는 차츰 기운을 되찾는 것 같았다.

그 때부터 녀석은 새장 속이 영 답답한지 자꾸 날개를 퍼덕거리며 발버둥치곤 했다. 자연으로 돌아갈 때가 되었다며 아빠가 새장 문을 열어 주자 녀석은 처음에는 찔뚝거리며 걷기 힘들어하더니 이내 힘찬 날갯짓을 하며 하늘로 날아올랐다. 서운함이 가슴 가득 밀려왔지만 그래도 작별 인사를 할 수 있어서 다행이었다. 수리부엉이는 밤에 떠나 버리는 바람에 배웅도 못 해 줘서 얼마나 서운했는데……. 잘 가! 새홀리기야!

겨울 활동의 최고 재미, 철새 탐조

철새 탐조는 매년 겨울에 한다. 여름보다는 겨울에 우리나라에 오는 철새들이 훨씬 많기 때문이다. 주로 가까운 경포호나 청초호로 가는데, 경포호는 새들이 매우 가까이 있어 관찰이 쉽다. 또 바닷물과 민물이 만나는 기수 지역인 청초호엔 갯벌과 모래섬이 있어서 오리뿐 아니라 도요새나 물떼새 종류까지 매우 다양한 종을 관찰할 수 있다.

그렇지만 겨울의 귀한 손님들을 만날 수 있는 대표적인 장소는 역시 서해안의 천수만이다. 해안선의 길이가 거의 200Km에 이르는 천수만의 간척 지대는 주변의 너른 농경지에서 먹이를 구할 수 있고 물가에서 휴식을 취할 수도 있기 때문에 철새들에겐 최고의 낙원이다. 워낙 면적이 넓고 모여드는 철새들의 종류도 다양하기 때문에 한번 탐조를 갔다 하면 3~4일씩 머무르며 관찰해도 늘 시간이 부족할 정도다.

석양을 배경으로 무리지어 하늘을 뒤덮는 철새들의 장엄한 모습! 그 황홀함을 말로는 도저히 표현할 수 없다. 인간의 능력으로는 결코 만들어 낼 수 없는, 오직 자연만이 연출할 수 있는 감동적인 풍경이다.

환경이 좋아져서 천수만에 철새가 많이 온다고 흥분들을 하지만 아빠의 생각은 조금 다르다. 새들이 한곳으로만 몰리는 건 여기저기 흩어져 살 수 있는 작은 서식지들이 없어졌다는 뜻이고, 그만큼 환경이 나빠졌다는 증거라는 것이다. 철새들의 대규모 군락은 멋진 장관을 보여 주긴 하지만 자칫 전염병이라도 돌게 되면 떼죽음을 가져올 수 있는 위험한 현상이라는 것도 알게 되었다.

홀로세의 제1회 자연생태계 학습탐사는 대호방조제 부근의 천수만 A, B 지구와 금강 하구에서 이루어졌다. 며칠 동안 어찌나 많은 새들을 관찰했는지 기록을 보지 않고는 일일이 기억하기조차 어려울 정도다. 하늘을 새까맣게 뒤덮은 그 새들이 사실은 한 종류가 아니라 여러 종류라는 것, 그리고 생김새도 제각기 다르다는 걸 한눈에 파악해야 비로소 새를 볼 줄 아는 건데. 난 아직 멀었다!

황새

천수만 철새 탐조 기간 중 가장 기억에 남는 새는 황새였다. 천연기념물 199호로 멸종 위기에 처해 있는 황새는 대규모 군락지에서도 좀처럼 찾기 힘든 희귀종이다. 다들 눈에 불을 켜다시피 했지만 마지막 날까지도 황새는 발견되지 않았다. 허탈한 마음으로 철수할 준비를 하고 있는데, 바로 그 순간에 황새가 우리 눈앞에 나타난 것이다. 철새 탐조단은 순식간에 엄청난 흥분의 도가니에 빠져들었다. 물론 숨소리 하나 내지 않은 채 단지 표정과 몸짓으로만!

다행히 거리가 그리 멀지 않았기 때문에 우린 아주 자세히 황새를 관찰할 수 있었다. 자그마치 6마리가 우아한 자태를 뽐내며 서 있는 모습이 너무나 인상적이었다. 마치 우리를 위해 그러는 것처럼 몸을 이리저리 돌려 가며 자세를 취해 준 덕분에 촬영까지도 완벽하게 이루어졌다.

노랑부리저어새

천연기념물 205호인 노랑부리저어새도 볼 수 있었다. 먹이를 찾기 위해 주걱처럼 생긴 부리를 이리저리 저어 대는 이 새 역시 매우 드물게 관찰되는 종인데 마침 우리에게 모습을 드러냈다. 민감한 성격 탓인지 관찰 도중 훌쩍 날아가 버려 아쉬움을 남기긴 했지만.

천수만에 이어 찾아간 금강 하구에서는 큰고니 떼를 만날 수 있었다. 안데르센 동화 《미운 오리새끼》에 나오는 새가 고니라는 건 알고 계시는지? 고니 떼를 관찰해 보면 몸집이 크고 새하얀 녀석들 틈에 몸집이 좀 작은 회색빛 고니들이 드문드문 섞여 있다. 바로 이 녀석들이 동화의 주인공인 새끼고니다.

아직 다 자라지 않은 새끼고니들은 확실히 예쁘지가 않다. 하지만 몇 해가 지나면 우중충하던 그 회색빛이 서서히 사라지면서 눈부신 흰색으로 바뀌게 된다. 동화에 나오는 미운 오리새끼 역시 어렸을 때는 다른 고니들과 달리 지저분해 보이는 회색빛이어서 무리들로부터

미움을 받다가 나중에 아름다운 고니로 변신한다.

철새 탐조를 나간다고 해서 하루 종일 새만 관찰하고 일지만 기록하는 건 아니다. 바다에는 철새말고도 즐거움이 얼마든지 있으니까!

천수만 탐조 때는 눈이 펑펑 쏟아지면서 바다가 얼어붙을 정도의 강추위가 몰아쳤는데도 다들 바지를 걷고 물 속으로 뛰어들었다. 맨발로 첨벙거리며 놀다가 옷이 다 젖은 채 숙소로 돌아오면 이빨이 저절로 탁탁탁……. 그런데도 불을 쬘 생각은 하지 않고 새벽 3시까지 썰매를 끌며 겨울을 실컷 즐겼다. 매년 겨울을 보내자마자 곧바로 다시 겨울이 그리워지는 건 이처럼 즐거운 철새 탐조가 우릴 기다리고 있기 때문이다.

토양곤충들아, 새 집이 맘에 드니?

채집 활동도 계절별로 다 다르게 마련이다. 여름엔 나비 채집이 주가 되지만 겨울엔 철새 탐조와 토양곤충(땅 속에 사는 곤충) 채집이 주를 이룬다. 그 중에서도 특히 토양곤충 채집은 한번 시작하면 좀처럼 멈추기 힘들 만큼 재미있는 채집 활동이다.

보통 미리 준비해 놓았던 썩은 나무들을 이용해 채집을 하는데, 나무의 종류에 따라서 채집되는 곤충들의 종류도 달라진다. 그래서 채집 활동을 할 때에도 조별로 각기 다른 나무를 정해 주곤 한다. 소나무 조, 참나무 조, 벚나무 조 등등. 그러면 각각의 나무들에 서식하는 하늘소, 방아벌레, 비단벌레, 거저리, 그리고 각종 풍뎅이류를 채집할 수 있다.

조가 편성되면 일단 썩은 나무를 도끼로 쪼개어 나누어 준다. 그러면 아이들이 끌과 손도끼를 이용하여 나무를 분해하면서 그 안에서 둥지를 튼 애벌레와 번데기, 성충들을 채집한다. 뭔가 하나씩 채집될 때마다 그 조에 속한 아이들의 함성이 터지고, 다른 조 아이들은 일제히 부러운 눈길을 보내며 손놀림에 한층 더 속도를 붙이곤 한다. 나무

왕바구미 애벌레

를 겉에서부터 살살 벗겨 내다 나무 속에 폭 박혀 있는 나무껍질벌레의 애벌레를 발견했을 때의 그 기쁨이란!

왕바구미의 애벌레들은 숨쉬기가 버겁지 않을까 걱정이 될 정도로 부담스러운 몸을 가지고 있다. 갈색의 머리에서 시작하여 뒤로 갈수록 점점 더 몸통이 굵어지는데, 가장 굵어진 부분에서 뭔가에 잘린 것처럼 뚝 끊겨 있어 나무 밖으로 꺼내면 데굴데굴 굴러다닌다. 하지만 그렇게 둔해 보이는 녀석들도 나무 속에서만큼은 놀라울 정도로 재빠르게 이곳저곳을 돌아다닌다.

그런데 이 토양곤충들은 사육하기가 무척 까다로웠다. 썩은 나무와 같은 환경을 만들어 주어야 하는데 그게 쉬운 일이 아니었기 때문이다. 채집한 애벌레들을 사육할 때는 주로 톱밥을 이용했는데, 아무리 공을 들여도 완전히 우화하지 못하는 경우가 대부분이었다. 수분 조절도 힘들 뿐더러, 톱밥은 자꾸 이리저리 움직여 나무처럼 단단한 느낌이 전혀 없었다.

그런데 그 모든 문제들을 속시원히 해결해 주는 놀라운 사육 방법이 개발되었다. 어디에서도 찾아볼 수 없는 과학적이고 편리한 방법! 그 아이디어를 낸 주인공은 당연히 우리 아빠다. 창의적인 사고란 바로 이런 걸 두고 하는 말인가 보다.

문제 해결의 열쇠는 다름 아닌 대나무였다. 대나무를 세로로 쪼개어 한쪽에 톱밥을 꽉꽉 눌러 담은 후에 애벌레나 번데기를 적당한 간격으로 넣고, 나머지 한쪽에 톱밥을 채워 다시 덮는 것이다. 그리고 그 상태에서 철사로 감아 대나무가 벌어지지 않게 하고 마무리로 랩을 씌우고 나면 완성!

이 방법의 핵심은 수분 조절에 있다. 대나무 안쪽에 자체적인 수분이 있어 적당한 상태가 유지될 수 있고, 겉에 씌워 놓은 랩은 수분이 공기로 증발하는 걸 막아 준다. 톱밥 역시 전과 달리 허술하지 않았다. 앞뒤로 단단하게 눌러 담은 후 철사로 잘 고정시켰기 때문에 애벌레들이 살던 나무 속과 매우 비슷한 서식 환경이 만들어질 수 있었다.

결과는 대성공이었다. 사육통에서 키울 때는 거의 우화하지 못했었지만 대나무에서 사육을 시작한 뒤로는 우화율이 4~5배나 높아져 거의 모든 토양곤충들이 무사히 우화에 성공했다. 홀로세에서 나고 자란 곤충들의 족보에 토양곤충들이 새롭게 추가되는 순간이었다.

겨울도 잊게 하는 수서곤충 채집

수서곤충(물 속에서 사는 곤충)들은 더운 여름에 잠을 자고 겨울에 활동을 한다. 그래서 수서곤충 채집도 겨울에 주로 이루어진다. 홀로세 앞으로 흐르는 계곡은 영하 20~30도를 오르내리는 한겨울에도 꽁꽁 얼지 않는 맑고 깨끗한 계곡이라 늘 다양한 종류의 수서곤충들을 만날 수 있다.

살얼음을 깨고 수서곤충을 채집하려면 고생할 각오를 단단히 해야 한다. 장화를 신고 물 속에 들어가면 무엇보다도 일단 발이 시리다. 돌을 이리 쿵 저리 쿵 들춰 가면서 족대로 곤충들을 몰다 보면 옷이 젖는 건 말할 것도 없고, 손마저 감각이 사라진 채 새파랗게 얼어 버린다. 한번은 얼마나 추운 날씨였는지 채집을 마치고 나오는 아이들의 바지에 고드름이 주렁주렁 열리기도 했다.

그런데도 그 고생을 마다하지 않고 얼음물에 발을 담그는 건 채집의 즐거움이 그만큼 크기 때문이다. 잠자리 애벌레, 하루살이 애벌레, 강도래 애벌레, 집을 끌고 다니는 날도래 애벌레, 각다귀 애벌레, 가재 등등 다양하고 신기한 물 속 곤충들을 쫓다 보면 추위 따위는 어

느새 까맣게 잊어버리게 된다. 여
름철의 나비 채집만큼이나 신나
고 즐거운 공부가 바로 한겨울
의 수서곤충 채집이다.

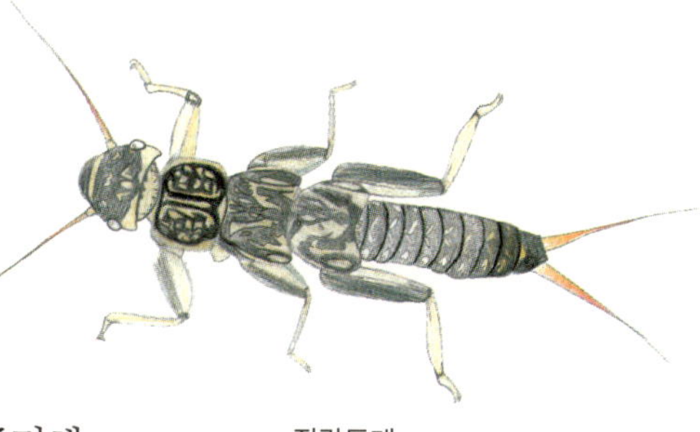

진강도래

홀로세의 계곡물이 1급수임을 증명해
주는 지표종인 날도래와 강도래는 잠자
리와 마찬가지로 애벌레 때까지는 물
속에서 서식하다가 성충이 되면 물
밖에서 사는 반수서곤충이다. 날도래 종
류는 대부분 스스로를 보호하기 위한 집

날도래 애벌레

을 등에 짊어지고 다니는데, 종에 따라서 집의 재료나 형태는 물론이
고 심지어는 접착력까지도 차이가 난다. 가느다란 돌부터 시작해서
자갈, 나뭇가지, 나뭇잎 등을 이용해 집을 만드는 기술이 입이 떡 벌
어질 만큼 대단하다.

집 속에 숨어 있는 날도래는 여간해서는 보기가 힘들다. 녀석들을
관찰하려면 집 밖으로 나오는 때를 이용하는 수밖에 없는데, 나도 지
금껏 몇 번밖에 못 봤을 정도로 바깥 외출을 몹시 싫어한다.

이와 달리 강도래는 집이 따로 없고 물 속에 가라앉은 나뭇잎들 사
이나 돌에 붙어서 산다. 홀로세의 계곡에서 주로 채집되는 강도래는
진강도래인데, 가슴 부분의 무늬가 문신을 새긴 듯 예쁘게 생겼다.
녀석들은 두 개의 꼬리를 이용하여 물 속을 빠른 속도로 헤엄치고 다
닌다.

흔히들 하루밖에 못 산다고 알고 있는 하루살이 역시 애벌레 시절

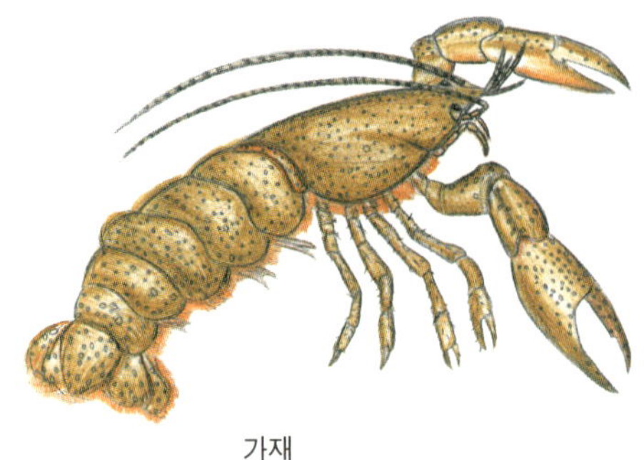

가재

물고기를 턱으로 낚아챈
왕잠자리 애벌레

을 물 속에서 보낸다. 하루살이 애벌레는 배 마디 가장자리의 기관 아가미가 깃털 모양으로 생겨서 헤엄치는 모습이 아주 우아하다. 가재의 먹이인 옆새우는 이름 그대로 옆으로 헤엄을 치는데, 그 모습이 귀여우면서도 우스꽝스럽다. 가재와 더불어 홀로세 계곡의 손꼽히는 보물로 통하는 녀석들이다.

잠자리 애벌레도 다양한 종류들이 채집된다. 내가 처음으로 키워 본 건 왕잠자리 애벌레였다. 연둣빛의 머리 부분은 성충 잠자리와 똑같이 생겼고, 가슴과 배 부분도 약간 다를 뿐 날개가 없다는 걸 제외하고는 거의 비슷했다.

왕잠자리 애벌레를 사육하면서 가장 신기했던 건 녀석의 사냥 실력이었다. 돌이나 모래 위에 죽은 듯이 머물러 있다가 물고기가 지나가면 번개처럼 낚아채는데, 몸뚱이는 그대로 둔 상태에서 턱만 앞으로 휙 내밀어 먹이를 잡는 만화 같은 묘기를 부리는 거였다. 요술 팔처럼 쭉쭉 늘어나는 그 턱이 어찌나 놀랍고 신기하던지!

나중에 왕잠자리의 애벌레가 벗어 놓은 탈피 껍질을 물 밖으로 건져 내어 관찰해 보았는데, 머리 아래쪽에 붙어 있는 턱은 겉보기엔 별로 길쭉하지 않았다. 그러나 턱이 두 겹으로 접혀 있기 때문에 그걸 완전히 펴면 자기 몸길이의 절반이 넘을 만큼 길어진다. 게다가 끝이 약간 굽어 있어서 사냥한 물고기를 감싸쥐기엔 더없이 좋은 구조였다.

지금까지 내 손으로 직접 사육해서 우화시킨 왕잠자리는 약 10마리. 그밖에도 아주 작고 가느다란 실잠자리 애벌레, 유난히 다리가 길고 납작한 산잠자리 애벌레, 몸집이 크고 길다란 장수잠자리 애벌레 등 다양한 종들을 사육해서 하늘로 날려 보냈다. 그 순간의 즐거움에 비하면 채집 때의 고생 따위는 정말 아무것도 아니다. 녀석들이 투명한 날개를 반짝이며 날아오를 때의 그 짜릿함에 비하면!

홀로세의 무법자, 털발말똥가리

청호반새와 반대로 겨울마다 홀로세를 찾는 새가 있다. 녀석의 이름은 털발말똥가리! 수리과에 속하는 사나운 맹금류다. 몸이 큰 만큼 행동 범위도 넓어서, 암수 한 쌍의 활동 영역이 홀로세 주변의 동네들을 거의 다 누빌 정도다. 녀석이 한번 나타났다 하면 다른 새들은 감히 주변을 어슬렁대지조차 못하고 멀찌감치 사라져 버리곤 한다.

털발말똥가리는 비행 실력에서부터 이미 제왕의 위엄을 물씬 풍긴다. 날개를 넓게 펼친 채 바람을 타고 날아가는 모습은 언제 봐도 인상적이다. 특히 두 마리가 함께 순찰에 나설 때면, 날갯짓을 전혀 하지 않고 미끄러지듯 유유히 하늘을 나는 모습이 여간 근사해 보이는 게 아니다. 내가 새처럼 하늘을 날고 싶다는 생각을 처음으로 한 것도 녀석들을 보면서부터였으니!

털발말똥가리는 바람이 강하게 부는 날엔 잘 날지 않는다. 하지만 바람이 잔잔한 날이면 느긋하게 하늘을 날고 있는 모습을 심심찮게 발견할 수 있다. 날개를 쉴 때는 주로 홀로세 본부 앞 전봇대에 앉아서 사냥감을 찾는데, 맨눈으로도 뚜렷이 보일 만큼 가까운 곳이라서 관찰하기가 아주 편리하다.

전봇대에 앉아 있는 털발말똥가리를 필드스코프로 자세히 들여다본 적이 있다. 눈이 크고 매서운 사람한테 흔히 '부리부리한 눈'이라는 표현을 쓰는데, 털발말똥가리의 눈을 보니 부리부리한 눈이 어떤 건지 확실히 알 수 있었다. 털발말똥가리의 매력 포인트 날카롭고 부리부리한 눈!

그리고 털발말똥가리의 숨겨진 매력 또 하나, 발! 발에 털이 얼마나 북실북실하게 나 있는지 마치 털신을 신고 있는 듯했다. 사나운 외모에 전혀 어울리지 않는 재미있고 탐스러운 발이었다. 낫처럼 휜 부리는 그리 크진 않지만 아주 강하고 단단해 보였다.

홀로세 주변에는 다양한 종류의 새들이 서식한다. 겨울에 산에 올라가서 필드스코프로 텃새들을 관찰하는 일은 대규모 군락지에서의 철새 탐조 못지않게 아이들 사이에서 인기가 높다. 쑥새, 곤줄박이, 노랑턱멧새, 딱새, 박새, 진박새, 쇠박새, 물까치, 어치, 새홀리기, 때까치, 물까마귀 등등 주변에서 쉽게 볼 수 있으면서도 무심히 지나쳤던 새들이 저마다의 특징으로 아이들의 마음을 사로잡는다.

하지만 털발말똥가리가 등장한 뒤부터는 녀석이 모든 아이들의 관심을 독차지해 버렸다. 실내에서 공부를 하다가도 "털발말똥가리다!"라는 소리만 들리면 다들 벌떡 일어나서 우르르 몰려 나간다. 그리고는 필드스코프를 서로 먼저 들여다보겠다고 한바탕 법석을 떨고는 한다.

털발말똥가리

털발말똥가리는 주로 조그만 쥐나 새를 잡아먹는다. 정말로 신기한 건, 홀로세 본부 앞에서 짹짹거리고 놀던 박새와 딱새들이 멀리 털발말똥가리의 모습이 보이는 것과 거의 동시에 어디론가 사라진다는 점이다. 새들뿐만 아니라 다른 작은 동물들도 다들 벌벌 떨며 숨을 곳을 찾기 바쁘다. 녀석은 모두에게 두려운 천적이자 홀로세의 무법자였다.

이 무법자에게 용감한 도전자가 나타났으니, 바로 까치들이었다. 원래 까치는 무리를 지어 몰려다니고 털발말똥가리는 혼자서 생활하는데, 어느 날 까치들이 털발말똥가리에게 떼로 덤벼들었던 것이다. 홀로세의 겨울 하늘에서 느닷없이 벌어진 치열한 전쟁!

까치 네댓 마리가 한꺼번에 덤비자 털발말똥가리는 약간 당황한 듯했다. 눈빛에 어울리지 않게 주춤거리면서 도망치는 모습이 어찌나 실망스럽던지! 하지만 곧 다시 돌아오더니 멋지게 반격해서 결국 자기 영역을 지켜 냈다. 그 뒤부터 털발말똥가리가 나타나면 까치들도 더 이상 주변에 얼씬거리지 않고 멀리 사라져 버리곤 한다. 올 겨울에도 털발말똥가리는 홀로세를 주름잡는 무법자로서의 자리를 꿋꿋이 지키고 있다.

홀로세의 겨울나기

집 앞 연못에 살얼음이 얼고 온 땅에 새하얗게 서리가 내리면 홀로세에서는 겨울을 준비하느라 숨 돌릴 틈조차 없어진다. 따뜻한 겨울을 위한 땔감 마련, 보온을 위한 비닐치기, 동파를 막기 위한 시설물 점검, 새들을 위한 먹이 준비 등등. 매서운 추위와의 전쟁이 본격적으로 시작되는 것이다.

제일 먼저 준비해야 할 것은 땔감! 횡성에 처음 왔을 때 사용했던 아궁이는 더 이상 쓰지 않지만 지금 쓰는 보일러도 기름과 나무 겸용이기 때문에 땔감을 늘 마련해 놔야 한다. 여름내 말려 둔 나무를 도끼로 패서 차곡차곡 쌓아 두는데, 아무리 많이 준비했다 싶어도 다음 해 봄이면 동산만큼 쌓여 있던 장작들은 어느새 몽땅 때고 흔적도 찾아볼 수 없다.

아직 아궁이나 나무 보일러를 많이 쓰는 이 곳 사람들이 땔감을 장만하느라 마구잡이로 나무를 베는 것을 아빠는 늘 속상해하신다. 그리고 최소한 우리 가족이라도 그러지 말자고 늘 말씀하신다. 아빠가 지게로 실어 오는 나무들은 대부분 산에 버려진 것들이거나 허물어진 집터에서 구해 온 것들이다.

연통 청소 역시 따뜻한 겨울을 위해 꼭 필요한 일이다. 연통을 미리 깨끗이 해 놓지 않으면 보일러 효율이 그만큼 떨어지기 때문이다. 바람이 숭숭 들어오는 창문에 비닐을 대서 외풍을 막는 일도 빠뜨릴 수 없고, 동파에 대비하여 수도꼭지나 지하수 계량기를 점검하는 것도 잊어서는 안 된다. 폭설로 인해 갇힐 것에 대비하여 비상 식량을 준비해 두는 건 엄마의 몫이다.

가족을 위한 겨울 준비가 끝나면 이번엔 곤충과 새들을 위한 작전이 우릴 기다린다. 눈이 잔뜩 쌓이는 한겨울에 새들의 먹이를 보충해 주는 일인데, 옥수수와 잡곡이 섞인 먹이를 커다란 통에 담아 나무에 걸어 놓으면 온갖 텃새들이 찾아와 부지런히 쪼아 먹곤 한다. 홀로세에서 준비해 둔 먹이가 없다면 그 많은 새들은 훨씬 배고프고 힘겨운 겨울을 보내야 할 것이다.

마지막 작업은 곤충들을 위한 특별한 보금자리를 만들어 주는 일이다. 여름내 베어 놓은 풀들을 한곳에 겹겹이 쌓아 놓으면 토양곤충을 비롯하여 꽃무지, 풍뎅이 등 따뜻한 보금자리를 찾던 곤충들이 건초더미 밑으로 구름처럼 모여든다. 새들의 먹이를 마련하는 것이나 곤충들의 겨우살이 장소를 마련하는 것은 우리와 자연이 함께 무사히 겨울을 나기 위한 준비인 셈이다.

식물들 역시 겨울 동안 신경 써서 관리를 해야 이듬해 예쁜 꽃들을 피울 수 있다. 그래서 눈이 오는 날에는 온 식구가 함께 식물생태관으로 간다. 난방 시설이 없는 식물생태관을 자연 상태 그대로 유지해 주기 위해 넓적한 삽으로 눈을 퍼서 골고루 뿌려 주는 것이다.

하지만 아무리 꼼꼼하게 준비를 해도 눈이 무릎까지 빠지고 기온이 영하 30도까지 내려가는 홀로세의 겨울을 무사히 넘기기는 힘들다. 보일러가 얼어 물이 나오지 않으면 엄마는 강추위 속에 몇 시간씩 쪼그리고 앉아 뜨거운 물수건으로 얼어붙은 호스를 녹여 보려고 애를 태운다. 눈이 펑펑 쏟아지는 날 동네에 내려가 찬바람을 맞으며 눈을 치우고 돌아오신 아빠는 관절염 때문에 시원찮은 무릎이 시려 겨울 내내 고생을 하시곤 한다.

겨울 밤이면 이야깃거리로 꼭 빠지지 않는 사건이 있다. 어느 해 겨울의 일이다. 난방비를 절약하기 위해 내 방과 오빠 방의 난방을 끄고 온 식구가 한방에서 생활하던 때였다. 아빠와 엄마가 외출하신 뒤에 나 혼자 잠깐 내 방에 들어갔는데, 방문을 여는 순간 너무나 놀라서 어쩔 줄을 몰랐다. 내 방에 부엌을 만들면 쓰려고 설치해 둔 수도관이 그만 얼어서 터져 버렸던 것이다. 바닥에 깔린 양탄자는 이미 물에 완전히 잠긴 상태였고, 샘물처럼 한없이 솟아 나오는 물로 바닥이 점점 차 오르고 있었다. 물을 막고 싶어도 암반에서 나오는 자연수였기 때문에 나로서는 도무지 방법이 없었다.

오빠와 나는 그야말로 죽을 힘을 다해 물을 퍼냈다. 물에 젖은 손발이 얼어 심하게 저려 왔지만 멈출 수가 없었다. 그저 부모님들이 빨리 오기만 기다릴 뿐이었다. 1998년에 폭우 속에서 삽질을 하던 두 분의 속타는 마음이 이해가 될 것 같았다. 게다가 뼈까지 시릴 정도로 얼음처럼 찬물이었으니!

잠시 후, 연락을 받고 급히 달려오신 아빠와 엄마는 동태처럼 꽁꽁 얼어 버린 우리의 모습을 보고 기가 막혀 한 마디 말도 못 하셨다. 하긴 워낙 급박한 상황이라 뭐라고 말을 건넬 만한 겨를도 없긴 했지만……. 수도관을 급히 틀어막고 젖은 물건들을 꺼내 말리느라 두 분 역시 밤늦도록 추위에 떨며 고생하셔야 했다.

2003년 겨울에는 집이 잿더미가 될 뻔했던 아찔한 일도 있었다. 우리가 생활하고 있는 홀로세 본부 건물은 양철 지붕이라 여름이면 뜨거운 햇빛에 지붕이 달궈져 실내가 몹시 더웠다. 그래서 지붕을 나무로 씌웠는데, 하필이면 보일러의 연통이 지붕에 살짝 닿는 것이다. 위험하겠다 싶어 아빠가 나무를 잘라 내 연통과 분리시켜야겠다고 여러 차례 말씀하셨지만 바쁜 일과 때문에 하루 이틀 미루고 있는 중이었다.

이 날 역시 영하의 날씨였고, 엄마는 보일러에 땔감을 넣고 불을 지핀 다음 저녁 식사 준비를 하고 있었다. 그런데 어디선가 나무가 탈 때 나는 것 같은 탁탁 튀는 소리가 들렸다고 한다. 이상한 생각이 들어 문을 열어 보니 나무로 덮여 있는 지붕에 빨갛게 불이 붙어 점점 번져 가고 있었다.

당황한 엄마는 부리나케 바가지로 물을 떠서 지붕에 뿌려 댔다. 하지만 높은 지붕에 붙은 불을 혼자서 바가지로 끈다는 게 어디 말이 되는 소린가. 본부에서 약간 떨어진 서재에서 공부하고 있던 오빠와 나는 "불났어! 빨리 와!"라고 소리치는 엄마의 다급한 전화를 받고 정신없이 집으로 달려왔다. 엄마는 온몸에 시커먼 물을 뒤집어쓴 채 지붕에 물을 뿌리고 있었고, 우리는 앞뒤 가릴 새도 없이 엄마를 돕기 시작했다. 내가 통에 물을 받으면 엄마가 옮겨 주고, 오빠가 뿌리고…….

　얼마 동안이나 뿌려 댔을까. 다행히 불은 흰 연기를 내며 조금씩 사그라지기 시작했다. 숯덩이가 된 지붕을 쳐다보며 불이 완전히 꺼졌는지 확인하고 또 확인한 뒤에야 우린 비로소 안도의 한숨을 내쉬었다. 우리가 조금만 늦었더라면! 혹은 불길이 조금만 강했더라면! 정말 생각하기조차 싫은 끔찍한 겨울이었다.

　홀로세의 겨울은 눈 속에 파묻힌 채 4개월 이상을 지내야 한다. 눈이 무릎까지 빠질 정도로 내려 4륜구동 자동차도 꼼짝 못 할 상황이 되면 트럭 바퀴에 굵은 쇠 체인을 감고 다닌다. 재미있는 건, 우리 동네를 조금만 벗어나면 그 때부터는 눈이라고는 흔적도 찾아볼 수 없는 깨끗한 도로가 나온다는 사실이다. 멀쩡한 길 위를 체인 감은 트럭을 타고 달리다 보면 사람들이 사방에서 의아한 눈빛을 보내기 일쑤다. 준비성이 남다른 가족? 아니면, 작년에 감은 체인을 아직도 감고 다니는 게으른 가족?

　그나마 눈길은 그럭저럭 견딜 만하다. 겨울이 끝나 가면서 녹기 시작한 눈이 밤이 되어 꽁꽁 얼어붙으면 우리의 트럭은 얼음판 위에서 마치 곡예를 하듯 기어다녀야 했으니! 이쯤 되면 체인이 오히려 더 위험해지기 때문에 뭔가 다른 대책을 세워야 한다. 아빠가 생각해 낸 건 다름 아닌 모래였다.

　일단 트럭에 모래를 가득 퍼 담은 다음 엄마와 나, 그리고 오빠가 짐칸에 올라탄다. 아빠가 천천히 트럭을 운전하며 가는 동안 우린 두꺼운 장갑을 끼고 바퀴 자국 위에 모래를 뿌린다. 바람막이도 없는 짐

칸에서 겨울 바람을 맞다 보면 귀가 떨어져 나갈 것처럼 아프고 손발도 끊어질 듯 시리지만, 그래도 그렇게 한 번 뿌려 놓으면 다음부터는 트럭이 그 모래 위로 한결 안전하게 다닐 수 있다.

이렇듯 어려움이 많긴 하지만, 그래도 눈 속에서의 생활이 마냥 힘들기만 한 건 아니다. 개가 끄는 눈썰매와 비료 부대로 만든 눈썰매의 아슬아슬한 재미는 우리에게 홀로세의 겨울을 신나게 즐기게 해 준다. 식구들이 모처럼 한데 모여 눈 덮인 앞산을 바라보며 김치 부침개를 먹는 계절! 이런저런 옛날 이야기들과 앞으로 다가올 미래를 함께 나누며 즐거운 시간을 가질 수 있는 유일한 계절이 바로 겨울이다.

후회로 남은 산토끼 먹코

봄이 되면 홀로세 주변의 산과 들에는 봄나물이 여기저기서 예쁘게 고개를 내밀기 시작한다. 엄마는 잠시도 쉴 틈이 없는 바쁜 중에도 산나물 뜯는 일을 즐기신다. 두릅 새순은 억세지기 전에 따서 끓는 물에 살짝 데치면 은은한 향기가 으뜸이고, 칼슘이 많다는 머위는 쌉쌀한 맛으로 입맛을 돋워 준다. 다래 순이랑 취나물도 뜯어서 데쳐 말리고, 민들레 잎이나 돌나물 순도 별미가 된다. 엄마 말씀에 의하면 예전엔 봄에 산과 들에 나는 거의 모든 식물들이 약용이나 식용으로 쓰였다고 한다.

엄마가 산나물을 캐러 갈 때는 인천에서 내려오신 할머니와 함께 다니시기도 하고, 나와 둘이서 다니기도 한다. 두릅이 나올 때쯤이면 여기저기서 많은 사람들이 두릅을 따기 위해 몰려온다. 그런 사람들이 한 번 지나가면 남아나는 게 없기 때문에 늘 재빠른 행동이 필요하다. 옆집 할머니도 가끔은 나물을 둘러싼 라이벌(!)이 되기도 하니까.

어느 초봄 엄마가 두릅 새순을 따러 바쁘게 산을 헤매실 때였다. 그 날도 옆집 할머니와 함께 두릅을 따러 산에 가셨는데, 두릅밭 사이에 토끼집이 있었던 모양이다. 어미토끼는 보이지 않고 새끼 두 마리만 남아 있었는데 옆집 할머니가 실수로 그만 한 마리를 밟아 버리는 바람에 한 마리만이 살아남았다. 어미가 돌아오지 않을지도 몰라 그냥 내버려둘 수도 없고 해서 엄마는 남은 한 마리를 집으로 데리고 왔다. 엄마는 오빠랑 내게 잘 키워 보라고 하시며 작고 귀여운 새끼토끼를 주셨다.

내 주먹보다도 작은 새끼토끼를 본 나는 너무 기뻐서 가슴이 콩당콩당 뛰었다. 집토끼는 많이 키워 봤지만 산토끼를 키워 보는 건 처음이었다. 새끼토끼는 아직 눈도 제대로 뜨지 못한 상태였지만 윤기가 자르르 흐르는 짙은 갈색의 털은 정말 예쁘고 탐스러웠다.

오빠와 나는 우선 토끼가 살 만한 집을 만들어 주기로 했다. 작은 새장에 흙과 풀로 포근한 보금자리를 만들고 그 안에 새끼토끼를 넣어 주었다. 그런데 문제는 먹이였다. 녀석은 아직 너무 어려서 풀을 먹을 수 없었던 것이다. 어미 곁에서 자라면서 젖을 먹어야 하는데 어미가 없으니.

궁리 끝에 내가 직접 엄마가 되기로 했다. 한 손으로 녀석을 안고 다른 손으로 주사기 속의 우유를 조금씩 입 안으로 넣어 주면 새끼토끼는 혀를 내밀고 미지근한 우유를 천천히 받아먹었다. 아직 눈도 못 떴으면서 혓바닥으로 우유를 낼름낼름 받아먹는 모습이 그렇게 사랑스러울 수가 없었다. 그 때부터 우리는 녀석을 '먹코'라고 불렀는데, 우유를 줄 때마다 코를 벌름거려서 지어 준 이름이었다. 오빠와 나는 한 번씩 번갈아 가면서 먹이를 주었고, 똥도 돌아가면서 치웠다.

그렇게 2주 가량을 먹코와 함께 보냈다. 이제는 눈도 완전히 떴고, 가끔씩은 우리 속을 깡충깡충 뛰어다니기도 했다. 그런데 몸집이 조금씩 크면서부터 뭔가 답답해하는 듯이 보였다. 산토끼라 그런지 자꾸만 뛰고 싶어했고, 자기 몸보다 몇 배는 큰 우리인데도 자꾸 뱅글뱅글 돌면서 불안한 모습을 보였다.

며칠 후, 결국 슬픈 일이 벌어졌다. 아침에 일어나서 먹코의 집으로 가 보니 먹코가 꼼짝도 하지 않은 채 구석에 쭈그리고 있었던 것이다. 처음엔 그냥 어디가 아픈가 싶어서 계속 건드려 봤지만 몸을 움직이지 않았다. 녀석은 답답함을 끝내 이기지 못하고 그만 하늘나라로 가 버린 것이다.

우리는 집 뒷산에 먹코를 묻었다. 나는 엉엉 울면서 학교에 갔고, 하루 종일 너무나 슬펐다. 아마도 먹코는 야생 산토끼의 습성이 살아 있어서 작고 답답한 우리에서는 견디기가 힘들었나 보다. 어미토끼 없이도 혼자 꿋꿋하게 잘 살아갈 수 있을까 걱정이 되어도 그냥 산으로 돌려보냈어야 했는데……. 윤나는 갈색털이 유난히 예뻤던 그 작은 토끼는 내 뒤늦은 후회를 알고 있을까.

생태를 위하여

소똥구리 나가신다, 길을 비켜라

홀로세 생태학교를 너무너무 아끼고 사랑하는 아이들이 있다. 혜찬이, 동현이, 철우 그리고 문일이. 아예 집을 떠나 생태학교에서 한동안 생활하며 갑천 초등학교와 금성분교에서 교환 학습을 한 적도 있었다.

교환 학습 기간 동안 아이들은 아빠와 함께 둔내와 안흥의 목장으로 소똥구리 채집을 하러 갔다. '똥' 하면 안 좋은 냄새와 더럽다는 생각 때문에 처음엔 얼굴을 찡그리기도 했지만, 소똥구리에 의해 분해된 소똥에서는 냄새가 나지 않을 뿐만 아니라 땅도 기름지게 해 주고 소똥으로 인한 환경 오염까지 막아 준다는 설명을 듣고는 다들 놀라는 표정들이었다.

채집을 마치고 돌아온 아이들은 소똥을 직접 만지면서 똥 속의 소똥구리들을 채집하고 관찰하는 일이 너무나 즐거웠다고 내게 자랑을 한가득 늘어놓았다. 특히 혜찬이는 "누나, 소똥에서 냄새가 하나도 안 나더라. 난 채집하면서 주물러도 봤는걸" 하며 신나게 얘기했다. 그 때까지만 해도 나는 아무리 그래도 그렇지 똥인데 설마 만지기야 했을까 하며 그 말을 믿지 않았다.

그로부터 얼마 뒤, 어느 방송국의 환경 관련 프로그램 제작팀과 함께 횡성군 내의 소똥구리 분포 조사를 위한 채집에 나설 기회가 있었다. 혜찬이가 말했을 땐 설마 했었는데, 소똥구리 서식 지역의 소똥을 직접 확인해 보니 정말로 냄새가 나지 않았다. 세상에 이런 신기한 일이! 똥 냄새가 다 어디로 갔지? 더 신기한 건 소똥구리들이 사료를 먹는 소의 똥엔 얼씬도 하지 않고 오직 풀을 먹는 소의 똥만 찾는다는 점이었다.

채집 장소 중에는 소를 풀밭에 놓아 기르는 홀로세 근처의 축산기술연구센터도 있었다. 그 곳에서는 소에게 풀만 먹여 키우기 때문에 소똥에 갖가지 소똥구리와 소똥풍뎅이들이 모여든다. 드넓은 초원 곳곳에 소똥이 널려 있는데도 냄새가 전혀 나지 않는다는 게 그렇게 신기할 수가 없었다. 연구센터 근처의 축사에서 사료를 먹고 사는 소들의 똥 냄새는 숨을 쉴 수 없을 만큼 지독한데 말이다. 아무리 코에 대 봐도 냄새는커녕 향긋한 풀 냄새만 났다.

우리는 방목장 여기저기 소들이 실례를 해 놓은 똥 중에서 소똥구리가 있을 만한 것을 골라 냈다. 똥을 눈 지 오래되어 바짝 마른 똥이나 방금 눠서 지나치게 묽은 똥에는 소똥구리가 모여들지 않기 때문에 일단 수분이 적당하면서 구멍이 뚫려 있는 똥을 찾아야 했다. 작은 똥풍뎅이 종류

애기뿔소똥구리

는 똥을 헤집으면 쉽게 찾을 수 있지만 애기뿔소똥구리나 뿔소똥구리는 땅을 파고 들어가 소똥을 땅 속으로 운반하기 때문에 땅을 파헤쳐야만 채집이 가능했다. 소똥 위에 흙이 잔뜩 얹혀 있으면 바로 그게 뿔소똥구리가 파 놓은 땅굴의 흔적이었다.

먼저 아빠와 오빠가 소똥구리가 파고 든 흔적이 있는 곳을 삽으로 파냈다. 그러면 엄마와 내가 흙 속에 있는 소똥구리 성충과 '소똥구리 볼'(똥을 공 모양으로 뭉쳐서 안에 산란을 해 놓은 것)을 채집하고, '쏘세지'(소시지처럼 길쭉하게 생긴 똥으로, 주로 산란용으로 쓰기 위해 땅 속으로 끌고 들어간다)는 따로 골라내어 흙 속에 잘 묻어 줬다. 작은 몸집과 달리 녀석들의 땅굴은 30cm가 훌쩍 넘을 정도로 깊었다. 또 성충의 경우 암수가 늘 함께 다니기 때문에 한 마리만 발견하면 쌍으로 채집할 수 있었다.

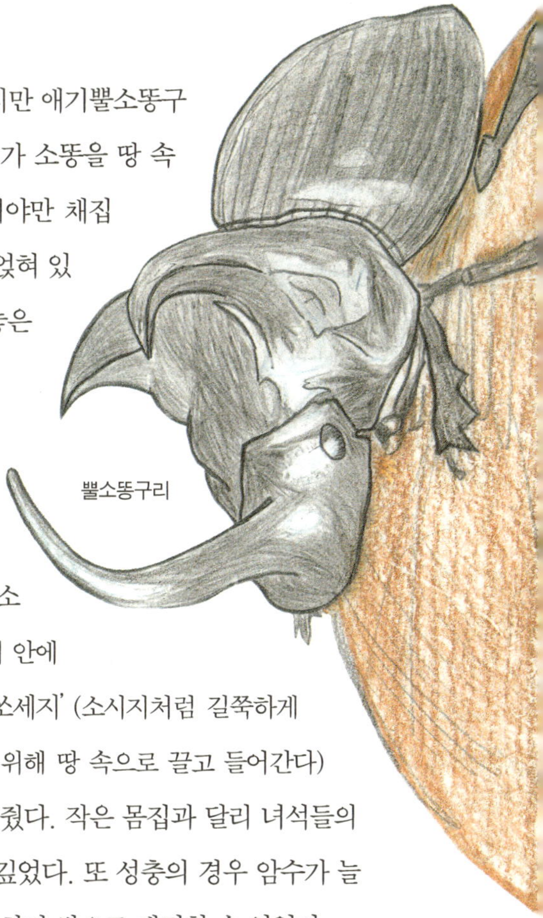

소똥을 헤집어 보면 소똥풍뎅이와 모가슴소똥풍뎅이, 애기뿔소똥구리, 창뿔소똥구리, 점박이외뿔소똥풍뎅이 등등 다양한 곤충들이 발견된다. 며칠 동안 얼마나 많은 소똥을 뒤지고 얼마나 많은 소똥구리들을 찾아냈는지! 이젠 채집을 나가면 소똥에 뚫린 구멍의 크기만 봐도 그게 뿔소똥구리인지 애기뿔소똥구리인지, 아니면 소똥풍뎅이가 들어간 구멍인지 구별할 수 있을 정도다.

소똥구리 채집을 하면서 느꼈던 건 녀석들의 분해자로서의 역할이다. 소가 배설을 하고 나서 3일 정도 지나면 똥의 겉 표면이 딱딱해진다. 그러나 반으로 갈라서 속을 들여다보면 방금 배설한 똥처럼 질고 물기가 많다. 그냥 두면 땅과 물을 오염시킬 게 분명하다. 그렇다면 그 많은 소들이 싸는 엄청난 양의 똥을 다 어떻게 처리할까.

자연의 분해자들이 필요한 이유가 바로 거기에 있다. 소똥구리나 소똥풍뎅이 등이 먹어서 분해시킨 똥들은 안쪽까지 거의 흙처럼 변하기 때문에 따로 처리를 고민할 필요가 전혀 없다. 소똥구리에 의해 분해된 소똥은 더 이상 환경을 오염시키는 골칫덩어리가 아니고, 오히려 땅을 기름지게 하는 천연의 거름이 된다. 땅 속의 미생물을 증가시켜 식물 성장에 도움을 주기 때문이다.

파리의 애벌레인 구더기를 없애는 데도 소똥구리는 한몫을 한다. 소똥구리의 몸에 붙어다니는 응애가 구더기를 잡아먹기 때문이다. 진드기류의 일종인 응애는 구더기를 비롯한 소똥 속의 곤충들을 잡아먹음으로써 소똥구리의 번식을 돕는 역할을 한다. 만일 소똥구리가 없다면 소똥 속에서 수많은 파리들이 우화하여 온 사방에 병균을 퍼뜨리고 다닐 것이다.

이처럼 중요한 역할을 하는 소똥구리가 우리 곁에서 점점 사라지고 있다는 건 정말로 안타까운 일이다. 소는 나날이 늘어나는데 소똥구리는 갈수록 줄어들고 있으니! 지금 이 시간에도 전국의 축사에서 분해되지 않은 더러운 소똥들이 밭에 뿌려지거나 강이나 시내로 흘러들고 있다.

세계적인 낙농 국가인 호주에서는 1960년대에 10년 간 '소똥구리 프로젝트'를 한 적이 있다고 한다. 아프리카 대초원에서 사 들여 온

소똥구리들을 전국의 목장에 대규모로 방사하여 토착화시켰다는 것
이다. 엄청난 양의 소똥으로 인해 하루가 다르게 파괴되어 가던 호주
의 생태계는 소똥구리 덕분에 다시 건강해질 수 있었고, 호주는 세계
적으로 깨끗한 목축 국가로 거듭날 수 있었다고 한다. 그런데 우리나
라는 원래부터 있던 소똥구리들마저 멸종의 위험으로 내몰고 있으니!

　흔히들 소똥구리 하면 자기 몸집보다 더 크고 동그랗게 빚은 소똥
을 뒷발질로 힘들게 굴리는 모습을 떠올리곤 한다. 이 녀석이 바로 소
똥구리의 대명사인 왕소똥구리다. 마땅한 장난감이 없던 옛날에 어
린아이들에게 인기 있는 놀잇감이었다는 왕소똥구리는 이젠 개체 수
가 급격히 줄어들어 좀처럼 그 모습을 찾을 길이 없다. 왕소똥구리가
힘차게 소똥을 굴리며 다니는 모습을 볼 수 있는 날이 다시 왔으면 좋
겠다.

아빠가 들려주는 생태 상식

소똥구리의 위기

　소똥구리의 영어 이름은 'Dung beetle'. 똥딱정벌레라는 뜻이다. 소뿐만
아니라 풀을 먹는 다른 동물의 똥도 먹기 때문에 말똥구리로도 불린다. 축
산 농가들이 소를 살찌우기 위해 먹이를 동물성 사료로 바꾸면서 소의 똥
이 변질되어 불량식품이 되는 바람에 소똥구리들도 번식을 못한 채 멸종의
길로 들어섰다. 자기 몸집보다 큰 똥을 뒷발질로 굴리는 왕소똥구리, 머리
앞부분에 멋진 뿔이 있는 뿔소똥구리, 모습은 거의 같으나 크기가 더 작은
애기뿔소똥구리 등 종류도 다양하다. 홀로세 생태학교에서는 뿔소똥구리
와 애기뿔소똥구리의 증식과 방사를 위해 2002년부터 사육을 하고 있다.

한여름 밤의 불빛 잔치

횡성의 고요한 밤을 함께했던 곤충들 중 심심찮게 날아와 우리 가족을 기쁘게 해 준 곤충이 있었으니 바로 늦반딧불이다. 어느 날 불을 끄고 막 자려고 하는데 유리창에서 뭔가 반짝반짝 빛나는 게 아닌가. 아주 작으면서도 또렷한 형광 연둣빛! 가까이 다가가서 보니 배 끝부분에 두 줄의 발광기가 있는 늦반딧불이 수컷이었다. 그 때부터 우리 집 주변은 여름이면 온통 반딧불이의 천국으로 변했다. 특히 달이 뜨지 않은 어두운 밤이면 사방에서 형광 불빛이 꿈결처럼 반짝이곤 했다.

우리는 즉시 반딧불이 채집에 나섰다. 포충망 채집이야 그리 어려운 일이 아니지만 날아다니는 반딧불이들은 모두 수컷이기 때문에 사육을 해 봤자 번식이 불가능하다. 제대로 사육을 하려면 눈에 잘 띄지 않는 암컷 또는 애벌레를 채집해야 했다.

저녁 8시쯤 되면 반딧불이들이 본격적으로 날아다니기 시작한다. 특히 무덤 주변에 늦반딧불이들이 많이 모여 있다. 공동묘지에 나타난다는 '도깨비 불'의 정체가 사실은 반딧불이라는 사실을 알고 있는지? 나는 포충망을 들고 날아다니는 수컷을 채집했고, 아빠와 엄마는 산소 주변의 풀밭에서 가끔 한 번씩 희미한 빛을 내는 애벌레와 암컷을 채집하셨다.

언뜻 생각하면 내가 더 어려운 일을 맡은 것 같지만 사실은 그 반대다. 수컷은 별로 빠르지 않게 날아다니기 때문에 채집이 그리 어렵지 않다. 반면 애벌레는 불빛이 희미하고 동작도 엄청 날쌔서 발견하는 즉시 채집하지 않으면 놓치기 쉽다. 그리고 암컷의 경우 애벌레만큼 빠르지는 않지만 빛을 발견하는 것 자체가 아주 힘들다.

생각만큼 성과가 좋지 않자 결국 온 가족이 다함께 암컷과 애벌레 찾기에 나섰다. 밤이 깊어지면 반딧불이들이 모습을 감춰 버리기 때문에 채집이 가능한 시간은 겨우 하루 두 시간 정도밖에 되지 않는다. 깜깜한 곳에서 희미한 불빛을 찾아내기 위해 어찌나 두 눈에 힘을 주고 땅을 노려봤는지 나중엔 세상이 온통 반짝거리는 게 헛것이 보이기까지 했다. 어질어질 어지럼증까지……. 그러다가 가끔 진짜 불빛을 발견하고 재빨리 움켜잡았을 때 손바닥에 애벌레가 있으면 그 때의 그 짜릿한 기쁨이란!

시골의 특징 중 하나는 소문이 빠르다는 것이다. 우리 식구들이 반딧불이를 채집한다는 소문이 퍼지면서부터 주변에서 도움을 주는 분들이 하나 둘씩 생겨나기 시작했다. 직접 반딧불이를 채집해서 양파 자루에 넣어 두었다가 건네주는 분도 있었다.

하루는 저녁을 먹고 있는데 이웃 동네 이장님이 전화를 주셨다. 머리가 주황색이고 꼬리에서 빛이 나는 곤충을 잡았다는 설명으로 봐서 반딧불이가 틀림없었다. 이장님댁 뒷산에 반딧불이가 아주 많다는 얘기를 들은 우리 가족들은 즉시 밥숟가락을 팽개치고 그리로 달려갔다. 채집하기 힘든 암컷을 채집해 주셔서 아빠가 맥주 한잔을 쏘셨다.

늦반딧불이 암컷은 날개가 없고 주황색을 띤다. 또 수컷에 비해 몸집이 크고 발광기 2줄 중 1줄이 갈라져 있다. 그래서 수컷에 비해 빛이 약한 모양이다. 갈색을 띤 길쭉한 애벌레는 명주달팽이를 잡아먹는데, 사냥할 때의 움직임이 놀랄 정도로 재빠르다. 명주달팽이의 좁은 집 속으로 들이밀기 쉽게 가느다란 머리를 갖고 있다는 것도 녀석들의 특징이다.

애반딧불이는 애벌레 시절을 물 속에서 보내며 물달팽이나 다슬기를 잡아먹는다. 수조에 그 애벌레들을 사육한 적이 있었는데, 계곡에서 채집한 다슬기만으로는 먹이를 대기가 힘들어서 다슬기와 물달팽이의 서식 공간을 따로 마련해야 했다. 마침 아빠의 후배인 청평 내수

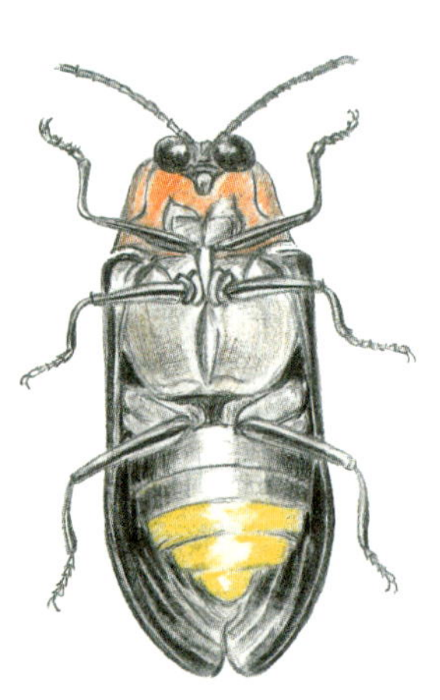

늦반딧불이 수컷

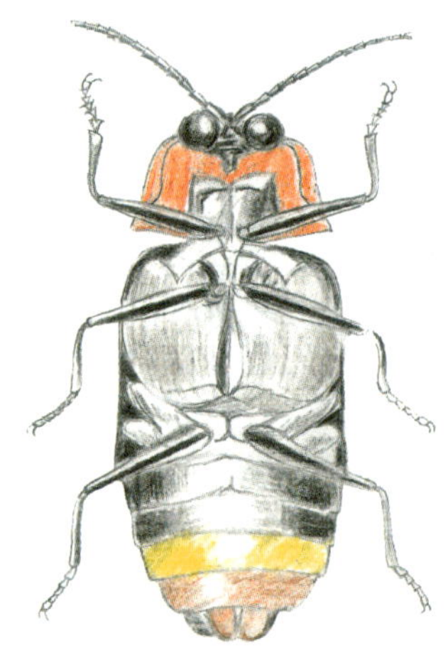

늦반딧불이 암컷

면 연구소의 김대회 박사님이 많은 양의 물달팽이를 주셨다. 연못에 풀어 준 물달팽이는 많은 숫자로 불어났고, 그리로 옮겨진 애벌레들도 탈피를 거듭하면서 무럭무럭 자랐다. 다슬기를 먹고 난 애벌레들이 그 껍데기 속에서 생활하는 모습도 자주 관찰할 수 있었다.

녀석들은 그렇게 물 속에서 생활하다가 때가 되면 육지 쪽으로 올라와 땅 속에 번데기를 튼다. 우리는 연못 한가운데 번데기를 틀 수 있도록 섬을 따로 만들어 주었다.

예전엔 어디에서나 흔하게 볼 수 있었다는 반딧불이. 이젠 녀석들을 만나려면 오염되지 않은 깊은 산이나 계곡으로 가야 한다. 홀로세 생태학교에서 사육한 반딧불이의 수가 점점 불어나 다시 온 나라로 퍼지게 되면 얼마나 좋을까. 그러면 더 많은 사람들이 여름 밤의 아름다운 불빛 잔치를 즐길 수 있을 텐데.

아빠가 들려주는 생태 상식

반딧불이의 불빛

딱정벌레목 반딧불이과의 곤충이며, 영어 이름은 'Firefly(불타는 곤충)'다. 루시페린이라는 발광 물질이 산소와 결합하여 빛을 낸다. 애벌레의 발광은 방어의 수단이지만 성충의 발광은 짝짓기를 위한 암수 만남의 수단이다. 발광의 속도로 종류를 구분하는데, 애반딧불이는 1분에 60~120회, 파파리반딧불이는 70~80회, 늦반딧불이는 깜빡이지 않고 지속적으로 빛을 발한다. 반딧불이의 또 다른 이름은 대중가요의 제목으로도 유명한 개똥벌레다. 홀로세 생태학교에서는 점점 사라져 가는 늦반딧불이를 사육하여 매년 9월에 늦반딧불이 축제를 열고 있다.

위풍 당당한 장수곤충들

우리나라 곤충학계의 대부인 신유항 교수님은 아빠가 〈동아일보〉에서 자연 탐사를 다닐 때부터 인연이 깊은 분이다. 나도 한 번 아빠를 따라 교수님 댁에 간 적이 있었는데, 그 때 뵌 자상한 모습이 무척 인상 깊었다. 일흔이 넘으셨지만 아직도 직접 표본 작업을 하고 계셨고, 변함없이 연구에 열중하고 계셨다.

교수님은 몹시 아끼시는 표본실을 특별히 아빠와 나에게만 보여 주셨다. 그 중에 말로만 듣고 사진으로만 보았던 '장수하늘소'가 있는 게 아닌가! 아, 그 크고 아름다운 모습! 나는 한참 동안 입을 다물 수가 없었다. 그리고 그렇게 멋진 곤충이 멸종될지도 모른다는 사실이 너무 안타까웠다. 이젠 광릉수목원에서나 몇 개체 볼 수 있을 정도라니.

천연기념물 제218호인 장수하늘소는 '장수' 답게 크기가 10cm 가량이나 되는 대형 곤충으로, 하늘소과 중에서 가장 큰 몸집을 자랑한다. 가위 날을 닮은 큰 턱과 튼튼해 보이는 11마디의 더듬이는 내게 감동을 주기에 충분했다. 정말 장수하늘소라는 이름에 딱 어울리는 늠름한 생김새였다.

　내가 늘 신기하게 생각하는 것 중 하나는 곤충들의 이름에 관한 것이다. 이름을 처음 지은 사람들은 어쩌면 그렇게도 곤충들의 특징을 기가 막히게 표현했을까? 마치 이름을 먼저 짓고 나서 거기에 맞춰 곤충을 창조한 것처럼……. 그 중에서도 이름에 '장수'라는 말이 들어간 곤충들은 하나같이 덩치가 크다는 공통점이 있다.

　장수풍뎅이 역시 이름값을 톡톡히 하는 곤충이다. 우리나라에 서식하는 풍뎅이 중에서 가장 대형인 장수풍뎅이는 웅장한 뿔과 광택이 흐르는 몸집으로 인해 아이들에게 특히 인기가 높다. 곤충을 좋아하는 아이치고 장수풍뎅이를 사육해 보지 않은 아이들이 거의 없을 정도다.

　장수하루살이도 빼놓을 수 없다. 이 녀석은 성충보다 애벌레가 더 인상적이다. 언젠가 수서곤충 채집 도중에 괴상하게 생긴 벌레 한 마리가 눈에 띄었다. 생긴 걸 봐서는 분명히 하루살이 애벌레 같았는데 덩치가 너무 거대했고, 만지기도 겁이 날만큼 무시무시한 턱을 가지고 있었다. 집으로 돌아와 동정해 보니 장수하루살이의 애벌레였다. 그럼 그렇지. 이름에 괜히 '장수'가 붙었을 라고?

　그뿐이 아니다. 다른 벌집들이 초가집이라면 장수말벌의 집은 거

장수하늘소

장수풍뎅이

대한 빌딩 수준이다. 또 장수잠자리가 하늘을 나는 모습은 혹시 모형 비행기가 지나가는 건 아닌가 싶을 정도로 크고 화려하다.

장수하늘소, 장수풍뎅이, 장수잠자리, 장수하루살이, 장수말벌, 장수허리노린재, 장수바구미, 장수각다귀……. 이름에 걸맞는 위엄으로 다른 종들을 압도하는 장수곤충들. 하지만 녀석들의 영토는 하루가 다르게 줄어들고 있고, 일부는 그림으로나 볼 수 있는 희귀종이 되어 버렸다. 기쁨과 안타까움을 동시에 갖게 했던 표본실의 장수하늘소처럼……. 부디 이 땅의 장수곤충들이 마지막 남은 영토에서나마 멸종의 위험 없이 평화롭게 살아가기를!

곤충들의 보금자리를 지켜 주세요

어답산 자락에 있는 '병지방리' 라는 곳은 거리도 별로 멀지 않고 곤충과 식물의 종류도 매우 다양하여 자주 채집을 나가는 곳이다. 이 곳에는 특히 나비들이 유난히 많다. 계곡을 따라 올라가다 보면 사방에서 나비들이 불쑥불쑥 나타나곤 한다. 은판나비를 비롯해 흔치 않은 왕오색나비나 유리창나비가 눈에 띄기도 하고, 여기저기서 물을 먹고 있는 산제비나비와 제비나비를 보기도 한다. 게다가 나무 꼭대기에 앉아서 햇살을 즐기는 황오색나비와 번개오색나비까지!

종수뿐만 아니라 개체 수도 많아 초보 교육생에게는 더없이 좋은 실습 장소가 된다. 아무리 채집이 서툰 아이들이라도 최소한 4~5개체는 채집이 가능하다. 먹이식물마다 애벌레들이 가득한 것도 병지방리 채집의 커다란 즐거움 중 하나다.

그런데 그보다도 더 좋은 건 다름 아닌 계곡이다. 나비 채집을 하다 더위에 지치면 아이들과 함께 곧바로 계곡으로 풍덩! 이 곳에만 오면 아빠도 엄한 교장 선생님에서 너그러운 아저씨로 바뀌니, 이만큼 좋은 환경이 또 어디에 있을까 싶다.

오염되지 않은 횡성의 대표적인 오지였던 병지방리 계곡은 작은 모래알 하나까지 다 보일 만큼 깨끗하고 맑았다. 깊은 곳은 설악산의 선녀탕 뺨치게 아름다운 초록 빛깔을 뿜어 냈다. 깨끗하지, 시원하지, 적당하게 깊어 수영하기도 좋지, 게다가 곳곳의 빠른 물살을 타는 것까지! 물놀이에는 그야말로 최고의 장소였다. 가끔 물안경을 쓰고 물속으로 들어가 버들치를 맨 손으로 잡아 올리는 녀석들도 있었다.

어느 정도 더위를 식히고 나면 딱정벌레류 채집을 시작한다. 병지방리는 나비 못지않게 딱정벌레목의 종류가 풍부하기로도 이름이 높았다. 생태학교 주변에선 좀처럼 채집되지 않는 사슴풍뎅이가 채집되기도 했다. 사슴풍뎅이는 다른 풍뎅이류와 달리 매우 높게 날아다닐 뿐 아니라 나는 시간도 길어 처음 봤을 때는 파리매나 잠자리로 착각할 정도였다.

사슴풍뎅이의 수컷은 아주 신기한 특징을 갖고 있다. 원래는 등껍질이 흰색인데, 수컷끼리 싸움을 시키면 하얀 등껍질이 시뻘겋게 달아오른다. 마치 사람들이 싸움을 할 때 얼굴이 붉으락푸르락해지는 것처럼 말이다. 그러다가도 진정을 하면 다시 흰색으로 돌아온다. 사슴풍뎅이 수컷 중에는 열받은(?) 상태 그대로 죽는 바람에 표본이 빨간색인 녀석들도 가끔 있다.

채집되는 딱정벌레들 외에 좀더 새로운 종을 채집하기 위하여 피트폴 트랩을 설치하면 홍단딱정벌레, 폭탄먼지벌레, 검정송장벌레, 멋쟁이딱정벌레 등과 쉽게 만날 수 있다. 녀석들은 지표성 곤충으로 날개가 퇴화되어 땅 위를 기어다니기 때문에 피트폴 트랩으로만 채집이 가능하다.

해질 무렵에 피트폴 트랩을 묻고 나면 이제 남은 일과는 '라이트 트랩(Light trap)'뿐이다. 늘 따뜻하게 맞이해 주시는 이장님 댁에서 잠깐 쉬고 에너지를 보충한 다음 수은등과 발전기, 하얀 천, 흡충관, 독병 등을 꼼꼼히 챙겨서 불빛이라곤 찾아볼 수 없는 깊은 산 속으로 들어간다. 하얀 천 위에 빼곡하게 모인 나방과 발발거리며 바닥에서 기어다니는 지표성 곤충들, 그리고 빛을 보고 날아온 물땡땡이, 소똥구리 등을 알뜰하게 채집하는 것이다.

물론 규칙은 철저히 지킨다. 암컷은 관찰만 하고 다시 자연으로 돌려보내야 한다는 것! 전문적인 사육을 위해 불가피하게 가져오는 경우를 제외하고는 절대 암컷을 서식지에서 벗어나게 해서는 안 된다는 게 홀로세 채집 규칙의 제1조 1항이다.

그런데 종 보존을 위해 곤충 하나에도 소홀하지 않으려는 우리의 노력은 그만 물거품이 되고 말았다. 다양한 곤충들의 보금자리이자 내 마음의 고향이었던 병지방리가 산촌 개발을 한다며 2차선 도로로 확장 포장된 것이다.

산과 계곡이 망가지자 채집되던 곤충들의 숫자도 급속도로 줄어들기 시작했다. 뉴스나 신문에서만 보던 환경 파괴가 곤충들의 보금자리를 송두리째 망가뜨리는 걸 보며, 난 비로소 아빠의 마음을 어느 정도 이해할 수 있었다. 온갖 불편함을 감수하면서도 생태학교로 들어오는 도로를 8년간이나 울퉁불퉁한 비포장 상태로 계속 놓아두시는 이유를.

길이 험해도 걱정, 길이 좋아져도 걱정

"엄마, 지금 버스 탔어요."

"그래, 횡성에서 보자."

내가 원주에 있는 고등학교에 입학하면서부터 우리 가족은 주말에만 모이는 '주말 가족'이 되었다. 나의 주말은 토요일 오후에 엄마와 횡성에서 만나는 것으로 시작된다. 그 날도 평소와 같이 엄마의 밝은 목소리를 듣고 전화를 끊었다.

그런데 버스가 횡성에 도착했을 때도 약속 장소에 엄마의 모습이 보이지 않았다. 이상하다, 진작에 도착해 계셨어야 하는데……. 게다가 핸드폰마저 통화가 되지 않았다.

순간적으로 불길한 예감이 들었지만 고개를 흔들어 불안한 마음을 떨쳐 버렸다. 한참 만에 겨우 통화가 됐는데, 전화를 받은 엄마의 목소리가 몹시 다급했다.

"곧 다시 전화할게."

예상대로였다. 갑천에서부터 횡성까지 뱀처럼 꼬불꼬불한 길을 달려오다가 교통사고가 난 것이다. 길도 꼬불꼬불한데다가 겨울이라

미끄럽기까지 해서 항상 조심스러웠던 길이었다. 나중에 들으니 급커브 길에서 빙판에 미끄러져 핸들이 흔들리면서 밭으로 떨어지셨다고 한다.

자칫 큰일을 당할 뻔했지만, 엄마는 거짓말처럼 무사했다. 다음 날 공업사에서 차가 많이 망가져 고치려면 열흘은 넘게 걸릴 것 같다는 전화가 왔다. 그러면서 덧붙이길 엄마가 하나도 안 다치고 살아난 게 신기하다고 했다.

후유! 얼마나 다행인가!

처음에 사고 소식을 듣고 나는 가슴이 온통 내려앉는 것만 같았다. 내가 자전거를 타고 가다가 굴러 떨어졌을 때 엄마도 그런 마음이셨을까? 지금 생각해 보면, 그 날 엄마가 무사할 수 있었던 건 아마도 하늘이 도운 게 아닐까? 가족들과 함께 홀로세 생태학교를 예쁘고 아름답게 꾸며 가라고!

유독 다행스러운 일이 많이 생기는 곳이 홀로세다. 깊은 산 속에 생태학교가 있다 보니 차 사고는 정말 셀 수도 없을 만큼 자주 일어난다. 빗길이나 눈길에서 차가 미끄러지기라도 하면 그야말로 간이 뚝 떨어지는 느낌이다. 처음 한동안은 차 타기가 무서울 정도였다. 요즘도 눈길에 들어서면 운전하는 사람보다 내가 더 긴장하곤 한다. 오죽하면 도중에 그냥 내려 달라고 해서 걸어간 적이 다 있었을까.

우리 차뿐만 아니라 생태학교에 오는 분들의 차 역시 마찬가지다. 한번은 삼촌네 가족이 횡성으로 오던 도중 진흙탕에 바퀴가 빠지고 말았다. 아무리 해도 차를 건질 수가 없어서 결국 온 가족이 차에서 내려 홀로세까지 걸어와야 했다. 이 산골까지 견인차를 부른다는 건 생각할 수도 없는 일이었으니! 못 꺼내는 차가 없는 막강 파워의 4륜 구동 트럭이 홀로세에 있다는 게 그나마 다행이었다.

이 정도 일은 웃으면서 넘길 만한 작은 사고다. 등줄기에서 식은땀이 주르륵 흐를 만큼 아찔했던 일도 많았고, 기억하기조차 싫은 커다란 사고도 두 번이나 있었다. 그 중 하나는 일산 꽃박람회에 가셨던 아빠가 깜깜한 밤에 횡성으로 돌아오다 난 사고였다.

그 날 밤, 도착할 시간이 훨씬 지났는데도 아빠가 오지 않자 엄마는 왠지 불안한 마음이 들었다고 한다. 아니나다를까, 한밤중에 전화벨이 울리며 파출소에서 사고 소식이 전해졌다. 택시를 불러 병원으로 달려간 엄마는 갈비뼈가 부러지고 여기저기 심한 상처를 입은 아빠를 밤새 간호하셨다. 전치 10주가 넘는 중상이었지만 차가 망가진 정도에 비하면 아무것도 아니었다.

힘든 생태학교 일로 몹시 지쳐 있던 아빠는 깜깜한 급커브 길에서 깜빡 졸다가 사고를 당했다고 한다. 먼저 전봇대에 부딪친 후 이리저리 비틀거리다가 웅덩이에 빠졌다는 것이다. 나중에 사고가 난 곳에 가 봤는데, 아빠가 빠졌던 웅덩이 반대편을 보는 순간 나도 모르게 소름이 쫙 끼치고 말았다. 그 곳은 까마득한 낭떠러지였다! 그런데 아빠는 그 와중에도 다음 날 공부하러 오는 아이들 때문에 학교를 비울 수 없다며 하루 만에 퇴원하셨다.

또 한 번은 설날 할머니 댁에 다녀오는 길에 있었다. 생태학교 초기라 아직 4륜차가 없어 승용차를 타고 갔다 왔는데, 눈 쌓인 미끄러운 빙판길에서 차바퀴가 제멋대로 빙글빙글 돌기 시작했다. 아빠가 이를 악물고 핸들을 틀었지만 차는 계속 부릉거리며 좀처럼 말을 듣지 않았다.

잠시 후, 차가 갑자기 썰매를 타는 것처럼 쭉 미끄러져 내려가더니 어느 순간 허공에 붕 뜨는 듯한 느낌이 들었다. 맙소사! 차가 언덕 끝에 절반쯤 걸쳐진 채 기우뚱거리고 있는 거였다. 빨리 내리라는 아빠의 외침! 나는 신발도 신지 못한 채 허겁지겁 차에서 뛰어내렸다. 다행히 차는 공중에 그대로 떠 있었다. 나중에 동네 아저씨들의 도움으로 무사히 끌어 내렸지만, 다시 생각해도 정말 아찔한 순간이었다.

이제 홀로세로 들어오는 길이 아주 좋아져 사고 걱정은 좀 줄어들었다. 지난 몇 년 간 엄마와 아빠가 울퉁불퉁한 길을 끊임없이 손보셨기 때문이다. 홀로세에 오시는 분들도 다들 길이 편해졌다고 좋아한다. 하지만 길이 좋아져서 오가는 차들이 많아지면 생태계가 파괴될까 봐, 그래서 홀로세의 주인공들인 곤충이나 식물 등 주변 생물들에게 피해를 주게 될까 봐 아빠는 걱정하는 눈치다.

사라져 가는 북방산개구리

겨울이면 어김없이 반갑지 않은 손님들이 찾아온다. 생태학교 주변 뿐만 아니라 하대리 계곡 전체를 샅샅이 뒤져 대는, 정말 보고 싶지 않은 사람들이다. 하대리 계곡이 한겨울에도 얼지 않는다는 것과 북방산개구리가 그 곳에서 겨울잠을 잔다는 걸 알고 있는 걸 보면 분명 홀로세 근처의 횡성이나 원주에 사는 사람들일 거다.

그들은 계곡의 바위를 뒤집을 굵은 쇠꼬챙이, 족대 그리고 비닐 포대 하나만 달랑 들고 계곡을 뒤진다. 맑은 계곡에 어느 날 갑자기 흙탕물이 흘러내리면 그건 보나마나 장화 신고 털모자를 쓴 개구리 사냥꾼이 개구리가 겨울잠을 자고 있을 법한 돌을 죄다 들썩거리고 있다는 신호다. 비몽사몽 간에 물 위로 떠오른 개구리들이 물살에 떠내려가면 밑에서 미리 족대를 설치하고 있다가 보는 족족 건져 올려 비닐 포대에 집어넣는 것이다.

영하 30도가 넘는 강추위에도 얼지 않는 하대리 계곡은 북방산개구리들이 겨울잠을 자기에 더없이 좋은 곳이다. 그런데 개구리 사냥꾼들은 이 곳에서 겨울을 보내고 이듬해 봄에 산란해야 하는 북방산개구리들을 무자비하게 잡아 버린다. 뿐만 아니라 계곡에서 사는 수서곤충, 민물고기, 가재를 비롯한 갑각류까지 암수를 가리지 않고 모조리 잡아 간다. 그들이 지나간 자리에 남는 건 제자리를 잃어버린 돌덩이들과 너저분한 쓰레기들뿐이다.

몸에 좋은 음식이라면 물불 가리지 않는 사람들. 그런 생각 없는 어른들이 망쳐 놓은 계곡은 마치 폭탄을 맞은 전쟁터처럼 끔찍하다. 다가올 봄을 편안하게 기다리며 잠들어 있던 북방산개구리들이 영문도 모른 채 멸종의 길로 가고 있는 것이다.

보다 못한 아빠가 북방산개구리들을 지키기 위해 직접 나섰다. 개구리를 잡으러 오는 사람들을 타이르고 꾸짖어 보내길 한 달에도 수십 차례. 겨울만 되면 아예 온 가족이 하루 종일 계곡을 지키고 서 있을 정도였다. 우리는 사람들이 잡은 개구리와 가재를 수거해서 다시 계곡에 풀어 주곤 했는데, 마지막까지 미련을 못 버리고 몇 마리만이라도 주면 안 되겠냐고 조르는 뻔뻔한 사람들도 있다.

되돌려받은 개구리를 풀어 주다 보면 돌을 들썩일 때의 충격으로 이미 죽어 버린 개구리들이 많다. 앞다리가 부러지거나 거품을 문 채 죽음 직전에 놓인 가재들도 많다. 개체 수도 별로 많지 않은 북방산개구리와 가재가 이렇게 잡혀 가서 사람들의 입 속으로 들어가고 있는 것이다. 한 마리라도 더 살리기 위해 열심히 애를 쓰고 있지만, 그 길고 큰 계곡을 겨우 몇 명이서 감시하다 보니

북방산개구리

몰래 와서 잡아 가는 사람들을 일일이 찾아내기란 도저히 불가능하다.

마을 사람들 역시 개구리를 잡아먹기 때문에 처음엔 아무도 도울 생각을 하지 않았다. 오히려 개구리를 못 잡게 하는 아빠를 이상하게 여겼다. 저 사람 왜 저러냐고, 시골에선 겨울에 개구리 먹는 게 자연스러운 일인데 왜 말리느냐며 이해할 수 없다는 듯한 눈길을 보내기도 했다. 하지만 매년 개구리 수가 급속하게 줄어드는 걸 심각하게 느꼈는지, 요즘엔 우리말고도 개구리 보호에 나선 이웃들이 많다.

그런 노력에 힘입어 무사히 겨울을 난 북방산개구리들은 봄이 되면 시끄럽게 울기 시작한다. 짝짓기 철이 되었다는 신호인데, 그 소리가 어찌나 큰지 밤에는 귀를 틀어막고 자야 할 정도다. 개구리들의 합창이 계곡을 뒤덮을 즈음, 농부들은 한 해의 농사 준비를 시작한다.

야생 동물들의 수난 시대

지난 주말에 월천 초등학교 아이들이 다녀갔다. 1999년에 처음 오고 나서 거의 매달 찾아오는 홀로세의 단골 손님들이다. 얼마나 곤충을 좋아하는지, 집에 갈 때가 되면 조금이라도 늦게 가려고 산으로 훌쩍 사라져 버리는 때가 한두 번이 아니다. 녀석들이 올 때가 되면 보고 싶은 동생들이 온다는 생각에 늘 가슴 설레곤 한다.

서울에서 출발한다고 전화가 온 뒤 얼마나 지났을까? 대회네 식구가 제일 먼저 홀로세에 도착했다. 언제 봐도 까불거리는 개구쟁이 대회를 만나 반갑게 인사를 나누고 있는데, 대회 어머니께서 심각한 표정으로 말씀하셨다.

"오다 보니까 길가에 어떤 짐승이 누워 있는데, 입에 거품을 물고 있는 게 곧 죽을 것 같던데요."

아빠는 즉시 대회 어머니와 함께 차를 타고 산짐승이 있다는 곳으로 달려가셨다. 잠시 후 아빠가 데려온 동물은 다름 아닌 너구리였다. 몸이 힘없이 축 처져 있고 입에 거품을 잔뜩 물고 있는 걸로 봐서 사냥꾼들이 미끼로 놓은 독극물을 먹은 게 분명했다.

일단 설탕물을 먹여 독극물에 중독된 위장을 중화시켰다. 하지만 너무나 심하게 중독된 탓에 별다른 효과가 없는 듯했다. 기운이 하나도 없어서 토하는 것조차 힘들어했다. 어떻게든 살려 보려는 우리의 노력에도 불구하고 너구리는 결국 그렇게 눈을 감고 말았다. 총과 올가미와 덫으로 홀로세의 평화로운 숲을 파괴하는 얄미운 사냥꾼들 때문에!

희생당하는 건 너구리뿐만이 아니다. 횡성 지역에서는 사냥꾼들이 아무 생각 없이 던져 놓은 올가미에 걸려 죽거나 독극물을 먹고 죽는 동물들이 자주 발견된다. 최소한 홀로세 생태학교 주변만이라도 동물들이 편하게 살 수 있는 곳으로 남겨 두면 좋으련만, 산 속을 휘젓고 다니는 사냥꾼들은 내 그런 소망마저도 모질게 짓밟아 버린다.

가엾게 죽어 간 너구리를 땅에 묻는 동안 아이들은 내내 시무룩한 표정들이었다. 비록 너구리를 살리지는 못했지만, 녀석들에겐 사냥꾼들에게 희생당하는 야생 동물의 슬픈 현실을 생생하게 보여 준 산 교육이 된 셈이었다. 그 날은 아이들과 함께 산에 올라가서 하루 종일 덫과 올가미 등을 수거했다.

너구리

너구리에 얽힌 추억 제2탄! 언젠가 이웃집 아저씨네 마당에서 너구리 한 마리가 묶인 끈을 풀기 위해 발버둥치는 걸 보고 아빠에게 말씀 드린 적이 있다. 녀석은 이웃집 아저씨가 농작물에 피해를 주는 야생 동물을 잡기 위해 놓은 덫에 걸려 발목이 심하게 찢어진 상태였다.

아빠가 너구리를 치료해서 숲으로 돌려보내자고 아저씨를 설득했지만 아저씨는 고개를 저었다. 동물을 보호하려는 사람과 농작물을 보호하려는 사람 사이의 팽팽한 입장 차이 때문이었다. 자칫 이웃 간에 사이가 나빠질까 봐 아빠는 더 이상 얘기를 하지 않고 그냥 집으로 돌아오셨다.

다음 날 아침, 그 아저씨네 마당을 들여다보니 너구리가 보이지 않았다. 용케도 끈을 끊고 산으로 도망친 모양이었다. 나는 속으로 만세를 불렀다. 나중에 안 일이지만 녀석을 몰래 탈출시킨 범인(?)이 다름 아닌 아빠였다고 한다.

기름 유출 사건이 남긴 깨달음

홀로세 본부 앞에는 우리가 '워터월드' 라고 부르는 그림 같은 연못이 있다. 온갖 수서곤충부터 시작해서 홀로세의 계곡이 1급수임을 나타내는 가재, 버들치·쉬리·돌고기 같은 민물고기, 연꽃과 창포 같은 수생식물들이 함께 어우러져 살고 있던 워터월드에 어느 날 초대형 사건이 벌어졌다. 기름 유출! 집 뒤쪽의 보일러실에서 기름통으로 연결된 파이프가 깨지면서 무려 1천 리터나 되는 기름이 땅 속으로 스며들어 버린 것이다.

처음 며칠은 기름이 샜다는 것조차 몰랐다. 그리고 나중에 그 사실을 알게 되었을 때는 이미 감당할 수 없을 정도로 사태가 심각해진 다음이었다. 환경 오염에 대해 누구보다도 민감하신 아빠는 땅으로 스며든 기름을 어쩌지 못하고 마냥 애만 태우셨다. 엎질러진 물도 아니고 엎질러진 기름이었으니!

결국 연못에서부터 문제가 터졌다. 어느 날부터인가 연못에 무지갯빛의 기름띠가 생기더니 이내 물 표면 전체가 기름으로 가득 차 버렸고, 급기야 민물고기들이 하나 둘씩 물 위로 떠오르기 시작했다.

화사한 분홍빛을 뿜내던 연꽃은 말라 죽었고, 수서곤충들 역시 예외는 아니었다. 나중엔 청태까지 급속도로 퍼지며 연못은 그야말로 최악의 상태로 변하고 말았다.

우리는 연못의 기름을 없애기 위해 가능한 모든 방법들을 총동원했다. 빨래 비누를 연못에 띄워 기름을 빨아들이고, 환경운동연합에서 구해 온 오일펜스(기름이 더 이상 퍼지지 못하게 유출된 기름 주위에 둘러치는 비닐 호스)로 기름띠를 제거했다. 거름망과 족대를 가지고 연못 속으로 들어가 기름 범벅이 된 청태들을 건져 냈고, 아직 살아 있는 생물들은 모두 계곡으로 내보냈다. 하루 종일 연못에서 구부린 자세로 기름을 거두고 나오면 허리가 끊어질 듯 아파 아야야 소리가 절로 나왔고, 입었던 옷에서는 기름 냄새가 풀풀 풍겼다.

하지만 아무리 애를 써도 도무지 문제가 해결될 것 같아 보이지 않았다. 너무나 지쳐 버린 우리는 결국 연못의 3분의 1을 메우는 최후의 선택을 해야만 했다. 일단 면적을 줄인 다음 연못의 물을 몽땅 빼고, 기름이 증발될 때까지 연못 바닥을 말려 보기로 했던 것이다. 물 빠진 연못 바닥에서 꼼짝달싹 못하고 있던 수많은 다슬기들이 어찌나 불쌍하던지. 기름 범벅이 되어 버린 진흙 속에서 서서히 죽어 가는 모습에 눈물이 났다.

1년 정도 지나자 기름이 조금씩 줄어들기 시작했다. 그 때부터는 작전을 바꿔서, 기름을 건지는 것과 동시에 물을 맑게 해 주는 역할을 하는 수생식물들을 심기로 했다. 그리고는 물을 뺐다가 다시 넣기를 수도 없이 반복하며 연못을 정화시켰다.

길고 지루했던 기름과의 전쟁! 드디어 연못이 서서히 제 모습을 되찾기 시작했다. 물 속에서 노니는 민물고기들이 하나 둘씩 보였고, 수서곤충도 점차 다양해졌으며, 살아남은 연꽃도 고운 빛을 뿜내며 활짝 피어나기에 이르렀다. 3년이 지난 요즘도 가끔씩 물에 희미한 기름띠가 떠오르곤 하는데, 그 때마다 우리 가족들은 가슴이 철렁철렁 내려앉는다.

그 때 죽어간 무수한 생명들과 처참했던 연못의 모습은 우리 가족 모두에게 끔찍한 악몽으로 남아 있다. 한순간의 실수가 그토록 엄청난 결과를 가져올 줄이야! 망가져 가는 연못을 바라보며 한숨 짓던 아빠의 모습이 지금도 눈앞에 생생하다.

아빠는 사람이 밟고 먹고 배출하고 버리고 씻는 모든 것이 가장 큰 오염의 원인이라고 하셨다. 그래서 생태학교를 하면서도 혹시 우리 가족으로 인해 환경이 파괴되지 않을까 늘 신경을 썼는데 그런 사건이 터졌으니, 그 뒤부터 또 이런 일이 생기지 않을까 훨씬 엄격해질 수밖에 없었다.

기름 유출 사건 이후 아빠는 기름 보일러를 나무 보일러와 심야 전기보일러로 바꿨다. 나무를 때는 일이 힘들고 번거롭긴 하지만, 또 전기 보일러의 경우 비용이 훨씬 많이 들긴 하지만, 생태학교의 환경 보전을 위해서는 어떤 어려움도 감수하겠다는 게 아빠의 결심이었다.

물을 버리는 일도 한층 까다로워졌다. 생활 하수의 정화를 위해 일단 배출구에 자갈과 숯을 깔아 1차 정화를 하고, 갈대 같은 수생식물을 심어 마지막 정화를 하는 전통적인 방법으로 물을 걸러 냈다.

쓰레기 분리 수거 역시 서울에 살 때보다 더 철저하게 해야 했다. 음식물 쓰레기는 수분을 빼고 발효 흙과 함께 땅에 묻어 거름으로 이용하게 했고, 적지 않은 비용이 드는 발효 화장실을 지어 똥까지 거름으로 쓸 수 있게 했다. 공부하러 온 학생들이 군것질거리로 가져오는 과자나 깡통 음료도 못 가지고 들어오게 했다. 쓰레기가 생기는 것을 최대한 막기 위해서였다.

그렇게 몇 년. 이제 우리 가족들에게 이 모든 것들은 아주 당연하고 자연스러운 생활이 되었다. 귀찮고 번거롭다는 생각보다는 생태를 보호하고 환경을 지킨다는 뿌듯함이 훨씬 더 크다. 이런 노력들이 계속되는 한, 앞으로도 홀로세는 때묻지 않은 깨끗한 자연 속에서 곤충들과 꽃들과 아이들이 어우러져 공부하고 노는 곳으로 계속 남아 있을 것이다.

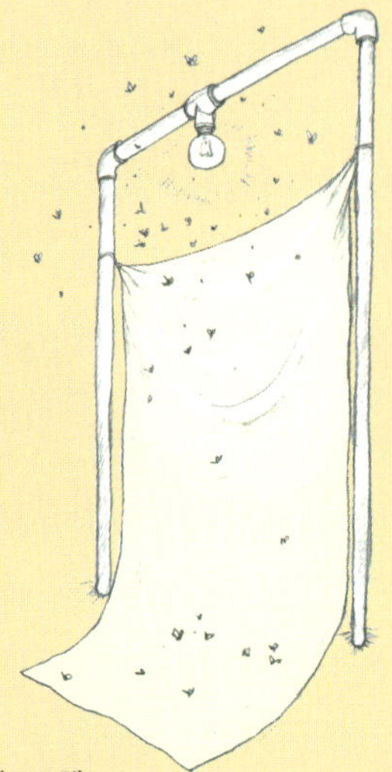

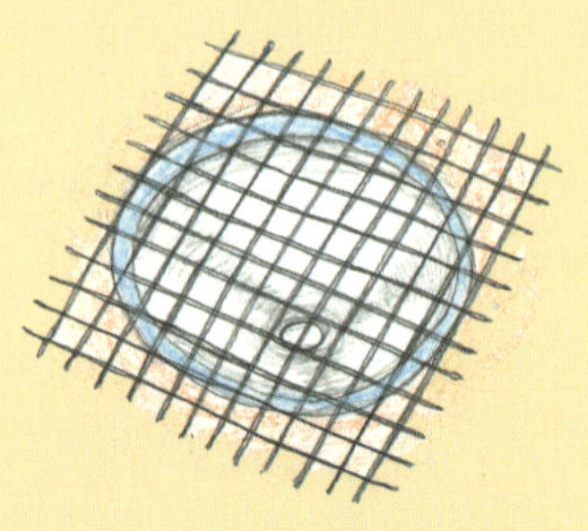

피트폴 트랩
지표성 곤충을 채집하는 트랩. 땅과 수평이 되게 통을 묻고 그 안에 막걸리나 꽁치 통조림처럼 냄새가 강한 유인용 음식을 넣는다. 흙을 덮은 후, 빗물이 괴지 않도록 지붕을 만들어 준다.

라이트 트랩
주로 야행성 곤충들을 밝은 빛으로 유인하여 채집할 때 사용하는 도구로, 수은등과 블랙라이트 등을 사용하여 흰 천을 비춰 곤충을 모이게 하는 방법이 많이 쓰인다.

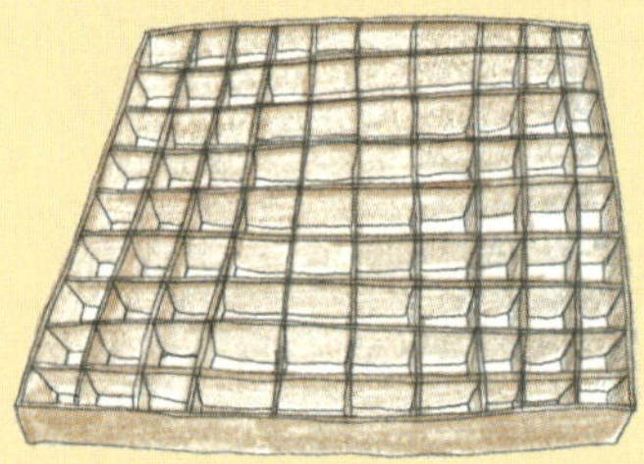

케이지(사육 상자)
사육 방법은 곤충의 생태에 따라 다른데 잎을 먹는 곤충에는 철망을 친 사육 상자에 물그릇, 먹이풀 등을 넣어 주고, 그늘에 숨어 사는 곤충은 나무와 돌로 숨을 장소를 만들어 준다.

고치틀
누에나방이 번데기로 되기 시작하면서 고치를 뽑아내는데 네모난 고치틀을 그 옆에 두면 한 마리씩 그 안에서 고치를 튼다.

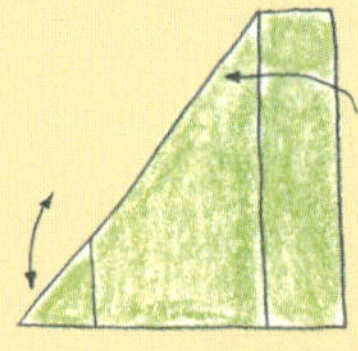 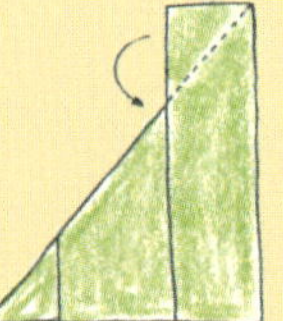

삼각지
채집한 곤충들을 임시 보관하는 봉지이며, 반투명한 유산지나 투명한 셀로판지를 잘라 접어서 사용한다.

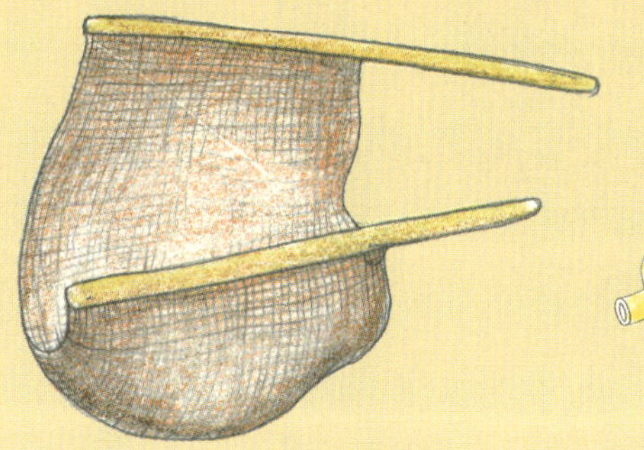

족대
반두라고도 한다. 폭이 넓은 것일수록 좋으며 그
물 틈새는 용도에 따라 선택한다. 수초 주변이나
돌 밑의 민물고기를 채집할 때 이용한다.

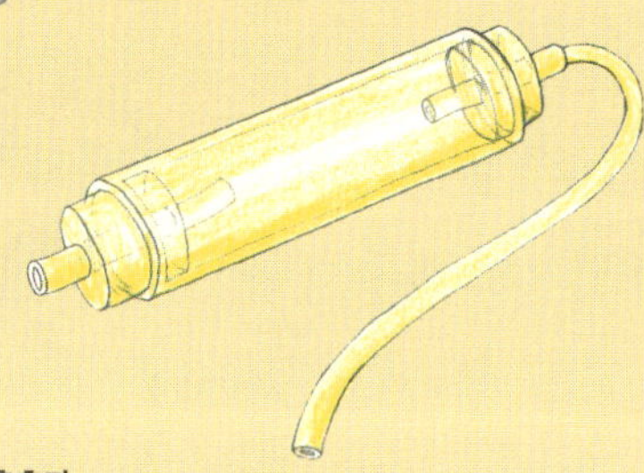

흡충관
작아서 눈에 잘 띄지 않는 곤충이나 약하여 상하
기 쉬운 곤충을 채집할 때 사용한다. 미소 곤충 채
집망이나 포충망을 사용하여 작은 곤충을 잡았을
때 재빨리 흡입하여 도망가지 못하게 한다.

독병
채집한 곤충을 약품이 담긴 유리병에 넣
어서 죽일 때 사용한다. 보통 유리병을
코르크로 막고 안에는 에틸아세테이트
같은 화학 약품을 묻힌 솜을 넣어서 사용
한다.

포충망
주로 날아다니는 곤충을 잡기 위한 도구로 쓰이
나 때론 풀숲에 있는 곤충이나 물 속에 사는 곤충
을 잡을 때도 사용한다. 부드럽고 안이 들여다보
이고 바람이 잘 통하는 것이 좋다.

필드스코프
필드스코프는 보통 20배 이상의 배율을 지니기 때
문에 새를 생생하고 가깝게 보고 싶을 때 좋다.
삼각대는 필수!

유충 핀셋
보통 핀셋과 모양은 같으나 유충의 몸
이 워낙 부드러워서 끝부분이 부드럽게
처리되어 있다. 일반 핀셋은 만지기 어
려운 곤충이나 손으로 잡을 수 없는 틈
새에 있는 곤충을 채집하기 위한 도구
로 쓰인다.

이야기를 마치며……

서울에서는 깜찍한 공주로 통하던 가영이를 홀로세 생태학교에 공부하러 오는 아이들은 '헤라클레스'라고 부른다지? 늘 엄마의 마음 한 구석을 짠하게 하던 어리고 나약한 막내였는데, 우리 가영이가 얼마나 씩씩하고 듬직하게 자랐는지 알 수 있는 별명이로구나.

엄마로서는 참 미안한 나날들이었지. 영문도 모른 채 시골 학교로 전학 온 첫날, 교문 앞에서 머뭇거리며 아빠 엄마를 쳐다보던 가영이와 동재의 얼굴이 지금도 눈에 선하단다. 낯선 공간 속으로 묵묵히 걸어 들어가던 너희의 뒷모습이 어찌나 안쓰러웠는지.

억수같이 내린 비로 움푹 패인 울퉁불퉁한 길에서 자전거를 타고 학교 가던 가영이가 길 옆 절벽으로 굴러 떨어진 적도 있었지. 그것도 조심해서 다녀오라고 손 흔들던 아빠 엄마가 보는 앞에서. 논바닥에 뒹굴어 흙범벅이 된 얼굴⋯⋯. 그 날 엄마는 하루 종일 하염없이 울었어. 아빠는 식사도 거른 채 아무 말 없이 연못만 바라보며 몇 갑의 담배를 피우셨는지 몰라.

환경 보호에 대한 모범적 사례를 만들어 보겠다는 아빠의 이상을 좇아 이 깊은 산중으로 들어올 때만 해도 엄마는 무모하리만큼 자신이 있었단다. 생태학교 설립에 대한 아빠의 소명감과 의지, 빈틈없는 준비와 추진력 등을 굳게 믿었기 때문이었어.

하지만 다 쓰러져 가는 폐가에 보금자리를 꾸미고 사람 키보다 더 큰 풀숲을 헤치며 길을 찾아야 했던, 전기도 먹을 물도 없던 이 곳 오지에서의 생활은 아빠와 엄마에게도 감당하기 힘든 고통이었단다. 생각지도 못했던 시행착오들을 겪는 동안 마음고생도 심했고 몸도 많이 지쳐 갔었지. 그러나 무엇보다 힘들었던 건 사랑하는 가영이와 동재에 대한 서글픔이었어.

불과 며칠 전까지만 해도 도시에서 안락하게 살던 가영이에게 느닷없이 오지 생활을 강요한 것 같아 엄마는 늘 가슴아팠어. 서울과는 사뭇 다른 시골 문화에 대한 이질감을 극복해야 했고, 왕복 10리나 되는 멀고 험한 학교길을 여름에는 빨갛게 익은 채 다니고 겨울에는 꽁꽁 얼어서 다녀야 했지. 그런데도 짜증 한 번 내지 않고 아무런 불평 없이 밝고 씩씩하게 시골 생활에 적응하는 가영이가 정말 너무나도 고맙고 대견스러웠단다.

이른 아침부터 해질녘까지 일에 지친 엄마를 도와 부엌에 가득 쌓인 설거지를 말없이 해 놓고, 한밤중엔 끙끙 앓는 엄마에게 슬그머니 다가와 온몸을 주물러 주던 가영이. 수다 떨며 속내 털어놓을 이웃집 아줌마 하나 없는 산골에서 엄마 얘기 들어 주며 맞장구 쳐 주던 친구 같은 가영이는 엄마에게 딸 이상의 존재였어. 너무나 지치고 힘들어 주저앉고 싶은 순간에도 엄마를 다시 일으켜 세워 주는 가장 큰 힘이 바로 가영이였으니까. 앞으로도 엄마 아빠가 짊어지고 가야 할 삶의 무게를 덜어 주며 위로하는 가장 충실한 동반자가 될 것을 엄마는 굳게 믿고 있단다.

횡성에 내려온 지 어느 새 8년. 열한 살 꼬맹이였던 가영이가 이제 내년이면 고3이 되는구나. 힘들고 고단한 시간들이 다가오더라도 늘 그래 왔듯 씩씩하고 의연하게 헤쳐 나가렴. 차가운 겨울 바람은 가지를 부러뜨릴 수도 있고 얼어붙은 물살은 조직을 찢어 놓을 수도 있지만, 그런 최악의 상황을 극복했을 때 비로소 삶의 주인이 될 수 있는 기초가 형성된다고 엄마는 생각해. 멋진 주인공이 되기 위한 치열한 준비 과정이랄까? 엄마 아빠도 튼실하고 생장력 있는 숲의 주인공을 만들기 위해 충분한 양분을 가진 밑거름이 되도록 온 힘을 다할게.

남을 배려할 줄 알고 자기의 본분을 잊지 않는 평상심을 자연으로부터 배운다면, 가영이는 더욱 아름답고 풍요로운 삶을 살 수 있는 눈부신 아이가 될 거야.

엄마는 가영이를 믿어. 그리고 사랑해.

학교 수업이 끝난 오빠와 나를 마중 나오시던 엄마의 갑작스런 사고 소식. 가뜩이나 꼬불꼬불해서 위험한 급커브 길인데, 거기다 한 치 앞도 안 보일 만큼 자욱한 안개와 얼어붙은 도로 때문에 차가 밭두렁으로 굴렀다는 소리에 그만 심장이 멈춰 버리는 줄 알았어요.

하지만 차가 부서진 정도에 비하면 엄마의 타박상은 아무것도 아니었으니, 이건 분명 엄마와 함께 행복한 삶을 살라는 하늘의 도움이라는 생각이 들었어요.

언젠가 학교 문집에 엄마에 대한 글을 쓸 때 나는 엄마를 '철인'이라고 표현했어요. 동이 틀 때부터 시작해서 해가 질 때까지 하루 종일 쉬지 않고 힘들게 일하시는 엄마! 늘 땀으로 범벅이 되어 있는 엄마의 지친 얼굴을 보면 얼마나 힘든지 충분히 알 수 있는데 어쩜 그렇게 아프다는 말씀 한 번 안 하시고 꾹 참으시는지. 아프면 아프다고, 힘들면 힘들다고 한 번이라도 속시원히 얘기했으면 제가 철부지같이 굴어 엄마를 더 힘들게 하진 않았을 텐데.

오빠랑 나는 산골에서 자연과 더불어 살아가는 새로운 생활이 즐겁기 그지없었는데, 엄마는 저한테 미안하다며 아무 얘기도 안 하셨잖아요. 그러면서도 웃음을 잃지 않고 다음 날 또 꿋꿋이 일어나는 엄마의 모습! 철인이라는 표현으로는 턱없이 부족하죠.

시골 와서 는 건 힘이랑 술, 욕밖에 없다는 엄마의 말에 우리 가족 모두 깔깔 웃은 적이 있었죠? 하지만 속으로는 약간 슬프기도 했어요. 이사 오기 전까지만 해도 술 한잔 제대로 못 하던 엄마가 술꾼이 되었다는 건 시골 생활에 잘 적응했다는 뜻이기도 하지만, 힘든 일이 그만큼 많았다는 뜻이기도 하니까요.

밤마다 끊어질 듯 아픈 팔꿈치 때문에 잠도 제대로 못 자고 몇 번씩이나 깨는 엄마, 그리고 상해 버린 무릎과 손목으로 인해 아파하는 아빠를 보면서 과연 홀로세 생태학교의 일이 건강을 해쳐 가면서 할 만큼 중요한 것인지 의문을 가진 적이 많았어요. 도시에서 편안히 생활할 수도 있었는데 사서 고생을 하시는 것 같아 안타깝기도 했고요.

하지만 이젠 알 것 같아요. 아빠와 엄마가 얼마나 소중하고 자랑스러운 일을 하시는지를. 다 쓰러져 가는 버려진 집 하나 덩그러니 남아 있던 이 산골에 홀로세 생태학교가 자리를 잡기까지 아빠 엄마가 얼마나 많은 눈물과 땀을 흘렸는지도 잘 알고 있어요. 누구보다 가까이에서 지켜본 제가 모른다면 세상 어느 누가 그걸 알 수 있을까요.

아빠의 살을 빌어, 엄마의 피를 받아 만들어져 가고 있는 홀로세 생태학교는 그래서 우리에게도 아빠 엄마 같아요. 엄마 품에서 늘 보살핌만 받던 제가 벌써 고등학교 2학년이 되어, 이젠 스스로 옛날 일을 돌아보고 진정으로 엄마 아빠를 도와 드릴 수 있을 것만 같아 정말 행복해요.

인간이 할 수 있는 일이란 기초적인 설계 정도일 뿐 진정한 생태의 완성은 자연만이 할 수 있다고 하시면서 꼬챙이 같은 나무들을 한그루 한그루 정성스레 심던 엄마와 아빠. 그 나무들이 8년 세월을 지나면서 이제 아름드리로 자랐어요.

이제 오빠와 제가 대학엘 가면 홀로세의 일꾼이 4명이나 되겠네요. 아마 엄마 아빠가 하실 일이 절반은 줄어들 거예요. 비 오는 날 무너져 내릴 제방 걱정 하지 않고 두 분이 함께 연못이 보이는 창가에 앉아 차 한잔 마실 여유도 생길 거고, 함박눈 펑펑 내릴 때도 쌓이는 눈 때문에 어디가 무너질까 불안해하는 대신 "눈 한번 예쁘게 온다"고 말씀하실 수 있을 거예요. 오빠와 제가 엄마 아빠 대신 밖에서 열심히 일하고 있을 테니까요.

♥이 책에 그림을 그려 주신 분들(가나다 순입니다.)

권민석(서울 명지초등학교)
다리무늬침노린재 151쪽
권태용(서울 명지초등학교)
왕바구미 애벌레 162쪽
김동현(일산 대송중학교)
네발나비 83쪽
암끝검은표범나비 86쪽
김종민(서울 갈산초등학교)
홍점알락나비 56, 96쪽
김종선(충남대학교 산림자원학과)
호랑나비의 짝짓기 84쪽
류슬난(일산 대송중학교)
꼬리명주나비 62, 85쪽
애호랑나비 77쪽
박진욱(홍익대학교 전자전기학부)
도롱뇽 118쪽
너구리 206쪽
박혜찬(일산 장성중학교)
검정송장벌레 149쪽
대모송장벌레 149쪽
우단송장벌레 149쪽
사슴풍뎅이 196쪽
신서현(원주 우산초등학교)
각시멧노랑나비 46, 48쪽
배추흰나비 92쪽
양명환(경희대학교 이학부)
늦반딧불이 190쪽
누에나방과 멧누에나방 123쪽
이가영(원주 원주여자고등학교)
먹부전나비 99쪽
황새 158쪽
노랑부리저어새 159쪽
이동재(원주 원주고등학교)
산호랑나비 73쪽
북방산개구리 203쪽
이수연(대전 내동중학교)
갈고리나비 80쪽
이승민(대전 서원초등학교)
청호반새 130쪽
말벌 137쪽
이윤재(인천 부현동초등학교)
가재 166쪽
이정우(서울 명지초등학교)
모시나비 66, 85쪽

홍점알락나비 애벌레 55쪽
왕오색나비 95쪽
왕오색나비 애벌레 96쪽
흑백알락나비 애벌레 96쪽
이철우(일산 정발중학교)
뿔나비 52쪽
호랑나비 69쪽
호랑나비 애벌레 70쪽
이헌용(홀로세 생태학교 강사)
쉬리 133쪽
꺽지 133쪽
새코미꾸리 133쪽
임병화(카이스트 수학과 대학원)
왕잠자리 애벌레 166쪽
장문일(일산 정발중학교)
긴꼬리제비나비 86쪽
장수하늘소 193쪽
장수풍뎅이 193쪽
정주영(인하대학교 식물분류학과 대학원)
에사키뿔노린재 153쪽
정혜윤(뉴욕 Harrison high school)
홀로세 생태학교 17쪽
조경규(그래픽 디자이너)
자연 생태를 관찰할 때 필요한 도구들 212, 213쪽
지준호(안양 신기중학교)
산호랑나비 애벌레 74쪽
사향제비나비 88쪽
사향제비나비 애벌레 89쪽
최자영(대전 문정중학교)
누에나방 애벌레 122쪽
한웅규(한휘영의 아버지)
털발말똥가리 169쪽
수리부엉이 142쪽
새홀리기 155쪽
한휘영(인천 갈월초등학교)
청띠신선나비 102쪽
청띠신선나비 애벌레 103쪽
사마귀 145쪽
묵납자루 133쪽
날도래 애벌레 165쪽
진강도래 165쪽
홍종범(서울 서라벌중학교)
애기뿔소똥구리 184쪽
뿔소똥구리 185쪽